L'Infante maure

Mohammed Dib

L'Infante maure

ROMAN

Albin Michel

22, rue Huyghens, 75014 Paris

ISBN 2-226-06807-4

I

L'héritière dans les arbres

C'EST aujourd'hui dimanche. Comment je le sais ? Tout a l'air d'être en congé ; la maison, et nous, et les choses. Sinon, quel autre matin fait tant de silence, quel autre reste sans donner ses petits coups de marteau ? Il n'y en a qu'un. Et celui-là, pour être attentif, sonore de tout ce silence, il l'est. Sans dormir, il fait semblant. La lumière elle-même autour : attentive, sonore, est une lumière en congé. Et le ciel. D'un bleu aussi attentif, impressionnant comme après une grande lessive, en congé. Il me regarde par la fenêtre avec un œil d'enfant à peine réveillé mais qui reste tranquille dans son lit ; avec étonnement. Moi, je le regarde et je dis : « Pour sûr que de le regarder en se laissant bercer par des vagues de rêve, c'est un plaisir. » Je le regarde, je ne sais pas, les yeux à demi fermés ou à demi ouverts. De tous les côtés vous entendez les choses se réveiller en évitant de faire trop de bruit et sans trop se presser.

Elles aussi vagabondent encore dans leurs rêves. Mais seulement jusqu'à ce qu'arrive ce qui vous fait sauter le cœur dans la poitrine et vous le brise, vous l'ouvre pour le remplir de cette joie terrible : votre papa est là, il dort de l'autre côté du mur. Un mur si mince que sa respiration le traverse. Et je me trouve écouter le chant de l'oiseau matinal en même temps que la respiration de papa. Unique, le chant, comme cette respiration. Et je me trouve sentir les mains du jour sur mes paupières. Ce bonheur. Une eau qui me coule, coule dessus et finit par m'emporter avec elle, je me perds, je pars...

Je vais reprendre mon sommeil, remonter à la source, à ce moment où votre corps ne vous appartient plus. Tout au fond, comme des cloches sonnent. Mais je sais, toute réendormie que je sois : ce sont les cloches de la lumière, le rêve des choses pendant qu'un autre rêve attend ici, derrière la porte. Puis n'attend plus, cherche par où entrer, éprouve les jointures de la porte. Le rêve de quoi, Seigneur ? Cela veut arriver jusqu'à moi et tous les objets sont saisis d'une envie de brûler, on ignore ce qui leur prend, pourquoi cette folle envie. Mais on est pris de la même envie, on veut crier : « Papa ! Papa ! »

Puis tout bas : « Maman. »

Je ne crie pas à cause du silence, et cette chose retourne derrière la porte. Parce qu'elle est entrée et vous ne vous en êtes pas aperçu. Elle est donc retournée derrière la porte mais elle est toujours là.

Je garde l'oreille à l'affût. Je n'entends que le silence et, dans ce silence, qu'un souffle, ce quelque chose prêt à fondre sur vous, à vous étouffer sous son poids et ce n'est encore pas ce qu'il y aurait de pire. Ce serait que ça revienne et reste à vous faire face, simplement vous faire face, vous tenir compagnie, et tenir sous l'absence de son regard, sous son incapacité à voir, l'horreur qui vous fixe. Elle vous fixe et vous la contemplez sans un geste, n'essayant pas même de lutter. Et c'est le sommeil que vous aimeriez rappeler à votre secours, qu'il se répande à nouveau sur vos prunelles. Cela vous aurait fait si mal d'épier le blanc de ces yeux et le blanc autour, que toute l'obscurité du monde serait juste capable de vous tendre la main, une bonne main, et vous conduire là où des paysages graves vous attendent. Paysages d'eau, peut-être. L'eau transparente, insondable, légère qui va sans bruit, sans finir, à moins que ce ne soit l'eau lointaine, immobile, le miroir des charmes. Ou paysages de feu peut-être. Et, torche aussi, vous y courez, dansez, les flammes vous couvrant d'ailes ardentes. Vous pourrez alors disparaître, tout pourra disparaître dans l'abîme d'une joie impérissable.

Non, il faut que je me lève : ça suffit comme ça. J'avais déjà préparé des pas de danse dans ma tête quand elle était encore sur l'oreiller. Je vais voir si je les réussis. Et me voilà dansant. Je danse toute nue, il n'y a personne d'autre que moi, je fais le tour de la cuisine et je recommence. Je n'ai pas besoin de musique. La musique, je l'ai dans la tête aussi. Mes pieds ont plaisir à danser, et mes jambes, tout mon corps. Que c'est bon, après être restée couchée toute une nuit. Le silence, j'espère, se fera long et je pourrai danser et faire aller la nuit là où elle doit aller maintenant. J'entends la locomotive du jour haleter au loin. C'est comme mon halètement pendant que je danse. Je n'ai plus peur, ni pour moi ni pour les miens.

— Tout ce bruit que tu fais, Lyyli Belle ! On dirait qu'un troupeau de rennes traverse la maison. Et sans ta chemise de nuit.

C'est maman. Elle ne comprend pas. Je l'ai réveillée. Papa ne dit rien. Il ne dort plus depuis un moment, je le sais, mais il ne dit rien. Il écoutait comme je dansais toute seule : de ça aussi, j'en suis sûre.

Et me revoici dans mon lit, il est encore tôt. Ce lit, qui pourrait être considéré comme un navire, on s'y allonge et on est parti. C'est un navire avec lequel on va loin, très loin. Ce ne serait pas plus bête que de faire autre chose, j'ignore quoi.

Plus rien. On n'entend que la maison respirer et, des fois, soupirer. Le fond de ce calme est inaccessible comme un trésor. C'est le trésor de la maison.

Toute couchée, je glisse les pieds devant et vers le haut, et encore plus haut, cette fois je tombe dans le ciel. Sa beauté devient mon lit. Je fonds dans un bain de ravissement mais aussi je me sens renaître. Je renais, je reprends forme et quelle forme : comme je n'ai-ja-mais-es-pé-ré en avoir une. C'est le secret. Mon secret.

Flottant dans un sourire, à compter de cette minute vous faites corps avec tout. Vous êtes un secret épanoui dans l'espace, vous êtes le signe qui ouvre le monde et le protège.

D'ici haut, j'aperçois soudain Kikki. Il avance à pas de loup. C'est un loup qui prépare un mauvais coup ou je me trompe fort. Je vais lui jouer un tour, moi aussi, à ma façon. Je me laisserai choir sur lui. Mais ce chenapan, plus malin qu'un furet, a senti venir le danger et s'est esquivé, il a disparu.

Ce qui se passe avec lui : je grandis, je pousse, mais pas lui. Il garde sa taille de Petit Poucet et il ne le supporte pas. Je crois. Et ça le révolte, ça le rend méchant, il se venge. Comment faire ? Ce n'est pas de ma faute si je parais deux fois plus haute que lui. Cela ne m'empêche pas de toujours l'aimer. Mais on ne peut rien lui expliquer, il ne se laisse plus approcher. La mort dans l'âme, à des moments je serre les dents et les poings et j'ordonne à mon corps de s'arrêter de pousser, je prie de toutes mes forces. Je me demande si ça y fait quelque chose. Pas pour l'instant.

— Veux-tu bien te lever, Lyyli Belle? Tu dors les yeux ouverts.

Maman encore. Elle est venue me libérer de mes délires. Maintenant que tout s'est préparé à recevoir le matin, je me lève, moi aussi. Je me lève pour voir ça. D'abord le jardin. Ma première visite est pour lui. Je dis bonjour à nos arbres, les bouleaux, les pins, à notre herbe, nos fleurs, surtout les buissons de roses, à leur place après toute une nuit, fidèles, réveillés depuis longtemps, eux. Ce beau jardin ouvert sur la forêt de plus en plus bleue jusqu'où elle peut s'éloigner sous ses châles de brume. Il y aura des champignons là-dedans quand ce sera le moment et je m'y connais en champignons, j'en ramasserai alors. On y rencontre tout ce qu'on cherche, à part les champignons, et les myrtilles, et les fraises sauvages. On peut y aller à la recherche de tout ce qu'on veut. On croit qu'on s'y égare : non, les chemins d'une forêt ne vous mènent que là où vous désirez aller.

Je voudrais m'envoler dans les bras de mon arbre, je voudrais rêver : de quoi ? D'un pays, loin d'ici, dans le grand monde. Un pays où je serais seule avec le vent, avec sa musique dans les oreilles, dans les cheveux, et quelque chose qu'on ne pourrait pas dire. Ce ne serait pas une lumière, puisqu'on peut dire la lumière. Quelque chose. Ça ira en avant de moi, ça dansera pour m'encourager à le suivre. Ce sera tout de même comme une lumière, mais une lumière à moi, toute personnelle. J'ai idée que ça existe ; cette idée me plaît. Ô quelque chose, merci à toi. Rien que d'y penser, mon cœur chavire de bonheur. Vous les arbres, arrangez-vous pour faire un silence tout blanc. Vous pouvez écouter, vous pouvez remuer le bout de vos petites feuilles. Mais pas plus.

Ils savent — qu'est-ce qu'ils ne savent pas ! — et ils bougent leurs oreilles pour dire oui. Ils savent même où je vais chercher la graine d'où naissent les idées, les plantes, les fleurs, les gens et eux aussi, les arbres. Les fleurs n'en parlons pas, elles sont trop belles pour penser à autre chose qu'à elles-mêmes. Je suis sûre qu'elles ne prêtent pas attention à ce que je fais en ce moment. Elles se croient les reines. Mais arrive le froid, arrive la neige, et où sont les reines ? Ce n'est pas comme mes arbres, qui sont là, et restent là. Même à l'automne, quand le jardin se rouille et en hiver quand il devient plus grand et le monde aussi. Même après les fleurs, après moi, pour se rappeler qui nous étions.

Avec eux, les arbres, qui poussent par les deux bouts, il y a toujours de l'espoir. On n'est pas obligé chaque fois de tout reprendre à zéro. L'eau peut les visiter autant qu'il lui plaît, l'air aussi, et repartir quand il leur plaît. Eh, ça profite ! m'a lancé papa, un jour. Ça profite ? De quoi ? ai-je demandé. Il a ri sans bruit, comme il le fait, avec ses yeux de loup des sables qui étincellent. Il n'a pas répondu à ma question, il a déclaré simplement. « Tous les enfants, des saprophytes, s, a, p, r, o, p, h, y, t, e, s ! » J'ai dit : « C'est un nouveau nom que tu me donnes ? Tératologique ! » Papa, cette fois, son rire s'est arrêté avant ; son rire était là, mais arrêté, il demande : « Mais d'où sors-tu ces mots ? » Je dis : « De toi. Ils sortent de toi. » Lui : « Moi ? » Et à mon tour je lui demande : « Pourquoi quand il fait nuit il fait noir ? » Il cherche, il ne trouve pas. Il dit à la fin : « Tu le sais, toi ? » Moi : « Parfaitement. » Lui : « Alors veux-tu éclairer ma lanterne ? » Moi : « Pour que les fantômes puissent vivre un peu aussi. » Il n'a pas ri, ce coup.

Cette mort, lorsque je me noie dans la lumière comme en ce moment, et ces bulles que sont les paroles et que forment mes lèvres. Des bulles et encore des bulles. Ça finit par faire une histoire. Mais une histoire pleine de trous. Non, c'est moi qui suis pleine de trous ; pas l'histoire. On dirait ces découpages que je fais avec les ciseaux. Le jardin, ça profite aussi de cette histoire. Des coins les plus clairs aux coins les plus sombres, il écoute. Une histoire c'est le temps qui a le temps de tout faire. Le vent pose sa main sur ma bouche. Il veut que je me taise. C'est ça. Et moi non, je marche, je parle, je joue, je raconte des histoires dans mon histoire. Moi, je me fiche du vent.

Ce petit vent, un souffle qui ne réussit même pas à entrer dans l'histoire, et se faufile entre les feuilles, frôle mes jambes qui pendent. Il est partout à la fois parce qu'il ne peut être nulle part. Puis lui-même il se tait, il disparaît. Maman ne m'appelle pas. Elle doit être très occupée. A lire le journal, à coudre, à confectionner un gâteau pour le goûter. Sait-elle que je pense à elle ? Pense passionnément. En un instant, les mots n'arrivent plus à dire ce qu'ils doivent dire, et ça quand on a le plus besoin d'eux. Il n'y a que les cris. Il ne reste qu'eux. Mais vous avez peur des cris. Oui, parce que vous criez et vous n'entendez aucun son vous sortir de la bouche. Alors calme, je dis : maman, je te vois avec une auréole autour de tes yeux, une auréole autour de tes lèvres, une auréole autour de ton visage. C'est ainsi. Une quantité d'auréoles. Puis toutes, auréole du regard, auréole du sourire, auréole de beauté, n'en font qu'une. Peut-être sont-elles en train de réparer la déchirure. La déchirure de moi à toi, qui a commencé. Même la mort ne voudrait pas mourir dans ce cas. J'en suis certaine. Comme on se regarde dans un miroir, elle nous regarde et elle sourit elle aussi avec son auréole. Et toi, à la maison, toute seule tu souris, maman, et rien n'est perdu, personne n'est perdu. Et moi, mes larmes me tombent en dedans. Je ferme la porte sur elles.

— Tu es la gardienne du jardin, a dit papa.

C'était un autre jour.

— La gardienne du jardin, de la forêt et du ciel qui est au-dessus, ai-je dit, moi.

— Tu es la gardienne de ta mère.

— La gardienne de ma mère et de mon père.

— La gardienne de jour et la gardienne de nuit.

— La gardienne du jour, de la nuit, des esprits et des gens. La gardienne du monde. De tout ce que tu peux imaginer !

— Je l'imagine sans peine, ma fille.

J'adore cette façon qu'il a de me parler. J'y suis préparée, et chaque fois ça ne sert à rien, c'est autre chose que ce à quoi on s'attend. Mes pieds ne touchent pas le sol, je vis suspendue en l'air quand il est avec nous. Et maintenant je crains de regarder en bas de l'arbre, s'il serait là-dessous. Cette terreur qui cherche toujours à vous surprendre. Je peux voir la figure de papa à travers la figure de maman. Je ne vais pas regarder là-dessous. Non, non, non. Surtout pas. Mais pourquoi les oiseaux se mettent-ils tous à couiner qu'on dirait des loupiots qui ont peur de leur ombre. Ce n'est peut-être rien, personne. Je leur dis : paix, paix, et ils ne sont plus ces cœurs qui s'affolent et crient dans le noir. Ils croient en moi.

Moi qui pense maintenant : et voilà, je suis devenue grande. Pense : je ne suis pas dans les arbres où je suis. Je suis loin. Je suis seule. Tout est fini. Les jeux aussi. Pense : je suis vieille et ça ne changera plus, rien ne changera plus, rien ne peut plus m'arriver. Je suis plus vieille que maman, plus vieille que papa. Tout est passé et je n'ai plus que ce passé. Je demeure dans un arbre avec ma fin. Peut-être suis-je morte déjà et suis-je en train de redevenir jeune comme j'étais. Jeune et belle dans ma nouvelle vie.

MAMAN ? Une tourterelle qui gonfle la gorge et roucoule. Alors papa, pour elle, a ses regards de loup. Il ne dévorera pas la tourterelle, il guettera au contraire ses expressions presque avec des larmes. Elle, qui le sait, continue, en étale, les yeux tournés ailleurs ou levés au ciel. Elle roucoule, roucoule. Je la regarde aussi, puis je le regarde. Puis je ne regarde que lui. Un loup dont l'œil dégage une lumière de velours et de reconnaissance. On n'a plus besoin de chercher le bonheur, il est là. Là. A portée des dents.

Les visages : des lampes qu'on allume d'un simple regard jeté sur eux. Sinon, ils s'éteignent. Celui de maman brille de tout son éclat pour l'instant.

Tu as assez roucoulé, assez brillé, maman. N'exagère pas. Je dis du coup :

— Papa, si tu pars chaque fois comme tu le fais,

alors pars une bonne fois pour toutes ou reste une bonne fois pour toutes.

Le visage de maman cesse d'éclairer. Il n'est qu'un point d'interrogation qui nous interroge.

Papa m'observe en pleins yeux, en plein moi. Je l'observe pareil. A ce qu'il semble, il n'est pas mal de sa personne. Mais comment il est, de grâce ne me le demandez pas, je ne saurai pas le dire. Maman reporte sur moi sa faculté d'attention retrouvée, puis sur papa, puis sur moi, puis de nouveau sur papa.

Elle n'a toujours pas l'air de comprendre. Elle doit penser : ce qui se montre cache toujours quelque chose, ce qui se dit aussi.

Et papa déclare, lui :

— Le moment où je ne peux plus rester quelque part, je le vois arriver, et je ne réponds plus de moi.

Son regard déjà se fixe là où il ira. Il ne me voit plus.

— Mais pour revenir, dis-je, il faut bien partir, n'est-ce pas ? Cela ne fait rien.

Je poursuis sans qu'il m'entende : ça ne fait rien, je ne vais pas avoir de peine. Sans être mort, on oublie juste de vivre, mais nous sommes toujours ici, tu le sais et tu sais comment revenir. Si tu ne t'en souviens plus, appelle : tu verras, nous viendrons te chercher. Alors il ne faut pas avoir de peine, toi non plus.

Peut-on être heureux de ce qu'on a simplement ? Je me pose la question, à moi maintenant. Heureux des personnes qu'on a et de ce qu'on est ? Par exemple, le soleil s'affaire dehors, la profondeur de la maison nous enveloppe. J'ai mis ces fleurs dans leur vase sur le bord de la fenêtre pour lui. Il s'en est aperçu. Je l'ai vu. Que nous reste-t-il à savoir de plus, ou avoir ? Qu'on est soi et entre soi ? Mais il y a toujours, de vous aux choses, de vous aux autres, un désert avec l'odeur chaude de ses sables.

— Parce qu'il y a aussi un loup en toi, papa. Et un loup ça ne peut pas se passer du désert, non ?

Il a pour moi son regard de lumière. Je le comprends comme je comprends cette lumière du désert. Il ne dit rien, il sourit.

Quelque chose ne manque jamais de rôder autour de nous. Mais je suis assise sous son regard comme sous la protection d'une tente. De cette façon-là.

Belle comme elle est, maman est allée nous préparer à manger. Et nous attendons.

Nous attendons aussi qui, de papa ou de moi, va reprendre la parole. Que peut bien trouver à manger un loup au désert ? J'ai déjà attendu qu'il revienne de là-bas comme j'attends maintenant qu'il reparle. Qu'il prenne son temps ! La vie elle-même ne peut pas s'empêcher de tourner vers vous, un jour, un côté de son visage et le lendemain l'autre côté. Allez vous demander pourquoi ce jeu.

Tout le temps la flamme de ses yeux a brûlé. Et à son ombre, la chose qui à peine vous touche-t-elle, vous fait crier d'épouvante. Parce qu'il a beau se trouver là, vous ne pouvez rien savoir de lui. Mieux que ça : plus il est là et moins vous savez. Puis il baisse la tête, il se remet à écrire.

Vous-même Seigneur, que pouvez-vous savoir

de lui ? Vous-même en le regardant, vous êtes attiré au fond d'un gouffre. Cela tourne et vous descendez plus bas.

Pourtant tout est merveilleusement calme : les objets de la chambre, qui se présentent sous leur meilleur jour, le soleil vert et bleu déversé par les fenêtres. Même les arbres nous regardent à travers les vitres comme des amis. Sans parler des murs blancs et du tapis accroché à l'un d'eux, du lit noir, du fauteuil dans son coin, où je suis assise en attente. Je dis :

— J'ai peur.

J'ai dit *j'ai peur* tranquillement. Il continue à écrire. Comment les mots arrivent-ils sur le papier ? Il continue, scrute la feuille et ça les fait naître. Les miens, ceux que je confie à l'air, et ceux des autres, aboutiraient à cette feuille aussi, que je n'en serais pas étonnée. Il semble écouter tous les bruits pendant ce temps, même des bruits qui n'existent pas. Il parle des yeux à sa feuille.

— Peur, dit-il. Comment ça ?

— Peur de toi.

— De moi ?

— Non, de moi.

Il a un rire muet de mon côté.

— De toi, de moi !

— J'ai peur. Comme ça, tout simplement.

— Moi aussi, dit-il.

— Toi aussi ? Et tu ne sais pas de quoi.

— Non.

— D'être si heureux, peut-être.

Et lui :

— Peut-être.

Le stylo en l'air, il écoute encore des paroles qui n'existent pas ou existent ailleurs mais n'arrivent qu'à ses oreilles, les oreilles qu'il a sur la tête et les autres.

— Autant que si on était malheureux, dis-je. Autant que si on était en peine de je ne sais quoi.

Il se lève de son bureau, arrive et, comme je suis assise, il me presse d'une main la figure contre son ventre. C'est lui maintenant qui veut me porter dans son ventre, qui en a besoin. Je sens l'odeur dont ses habits sont imprégnés : du thym, dirait-on. Sortir du ventre de sa mère, c'est si naturel que ça ne vaut pas la peine d'en parler. Mais du ventre de son père ! C'est être entièrement né. Pour autant qu'un père veuille vous porter.

— Comme de tomber en route avant d'arriver chez soi, dis-je. Avant d'arriver dans des bras qu'on aime.

J'y suis bien, dans son ventre, mais j'y étouffe, et ce que j'ai à dire, aussi, y étouffe. Je me dégage et il dit, lui :

— Je sais. On est heureux et on croit tout de même qu'on va tomber.

— Que rien ne vous empêchera de tomber.

— Il faut se retenir à soi-même. Peut-être. Oser se dire qu'on ne tombera pas.

— C'est ce que tu fais, toi ?

— Il est plus difficile d'être courageux qu'heureux.

— Je connais ça. C'est ce que tu penses aussi ?

— Je crois.

— Moi aussi, j'ose. C'est pour ça que j'ai si peur, des fois.

Je n'ai pas entendu ce qu'il m'a répondu dans un souffle, si le moins du monde il m'a répondu. « Moi également », je crois.

— Mais moi : de toi aussi, dis-je.

— De moi ? dit-il. Peur ?

— Oui.

— Pourquoi ?

— Parce que c'est toi.

— Parce que c'est moi.

— Et parce que c'est moi.

Comme si la mort m'envoyait des petits signes, des clins d'œil. Mais je ne vais rien ajouter, je n'y suis pas obligée. Elle est là quelque part. Et je suis là. Toutes deux entre ces quatre murs, la porte et les fenêtres fermées, papa entre nous. Maman serait si terrifiée que des oiseaux puissent entrer. C'est pourquoi on ferme, on cadenasse. Tiens, des rideaux de pluie s'agitent devant mes yeux avec leur poussière mouillée et, à travers ces voiles d'eau, un visage tremble, la bouche grande ouverte, prête à pousser un cri. Papa s'éloigne, la main tendue derrière lui.

— Viens. Nous allons nous promener un peu dans la forêt.

La figure veut toujours pousser son cri, mais ne le fait pas.

Ma main est partie d'elle-même et je lui ai donné cette gifle. Comment, pourquoi. Je ne sais pas. Je ne le saurai jamais. C'était ma main, ce n'était pas moi. Il n'a pas dit un mot, ni eu un geste. Il s'est remis à parler comme s'il n'avait pas senti, pas reçu une claque ou autre chose. Ma main serait encore partie pour une autre claque. Mais je l'ai retenue et il ne s'est rien produit. Plutôt, ç'a été une main qui est allée lui caresser la figure. Sa barbe, même rasée, pique sous la peau. Ma main l'a caressée, et lui, il a souri d'une drôle de façon.

Il a continué à me parler, mais en mettant la table entre nous. Moi, d'abord je n'ai pas compris. Puis il a mis de plus en plus n'importe quoi entre nous. Et j'ai compris. Je n'ai pas pu retenir mes sanglots. C'est moi qui ai commencé par mettre une gifle entre nous.

Je pense à ce qu'une main est capable de faire

sans rien vous demander et j'évite de porter le moindre petit coup d'œil sur la mienne. Je veux oublier, l'oublier. Le monde devient si effrayant, des fois, qu'il faut se méfier de sa propre main. C'est comme une porte derrière laquelle si on l'ouvrait, se tient tout ce qu'on n'aimerait pas voir. Une porte facile à ouvrir mais pas facile à refermer, vos yeux eux-mêmes ne seraient pas faciles à refermer après que vous auriez jeté un regard par là. Et vous manqueriez même de voix pour appeler au secours.

A des heures, c'est comme ça ; à des heures, non. A des heures, tu es toi ; à des heures, non. Ça change tout le temps et il n'y a que toi pour t'en rendre compte. En cette minute, c'est ça, je suis moi. Mais il ne faut pas s'y fier. Ce moi, s'il était parfait, il serait comme une pomme ou comme la lumière du jour. Il se trouverait bien campé devant vous, et seul à ressembler à lui-même. Je ne suis ni l'une ni l'autre, ni une pomme ni la lumière du jour. Mais que je pose les mains sur mes yeux, et je l'aperçois, la forme parfaite. On se regarde ainsi dans un miroir, on y découvre quelqu'un et on ne peut pas toujours dire si c'est une tromperie ou quoi. C'est sans doute soi, sans doute quelqu'un d'autre. On se dit : « C'est moi », parce que personne d'autre ne se regarde dans cette glace. Mais comment savoir ? On est ici, ou là, on ne saurait être dans deux endroits en même temps. En vrai, on ignore ce qui se passe, qui vous surveille de l'autre côté. Si au moins on pouvait y aller voir. Voir qui se cache au fond du miroir, ne se cache même pas. Mais je crois qu'on passerait sa vie à se poser de telles questions.

En ce moment, j'en surprends une qui va, vient,

tourne sur elle-même, penche la tête et se contemple là-dedans avec des mines, des moues, des grâces. Elle pourrait être moi. Non, ce n'est pas moi. Immobile, je reste à l'observer et elle, de l'autre côté, ne fait que des choses bizarres, des choses bêtes. Comme une statue, je l'observe. Je me dis : « Ce n'est pas possible. » Vous la surveillez encore. Tout ce qu'elle ne fait pas ! A voir ça, vous avez un peu mal, un peu peur. Mais il y a aussi une tendresse, chaude avec ce sang qui vous monte au visage, et les yeux vous deviennent des fenêtres d'amour. On oublie qui on est, on oublie celle qui a envoyé une baffe à son papa.

Je vais dehors, ce sera mieux pour moi. J'irai vivre avec le monde. Avec les arbres, l'air entre les arbres, les rosiers, les groseilliers. L'air, le ciel. Respirer avec eux. Ici, dans le jardin, rien ne rend les armes, ne s'affaiblit, et pas non plus le plaisir des yeux, le plaisir du cœur. Il n'y a que vous pour penser à un danger qui guette, jamais loin. Vous pour faiblir et songer que le monde peut se passer de votre présence pendant qu'il reste fidèle à lui-même sans exiger de vous la même fidélité.

Il y a quand même des ombres qui m'épient, qui me suivent. Je les laisse faire, elles ne sont peut-être pas aussi malintentionnées que ça. Mais je commence pareillement à tout guetter avec les mêmes yeux qu'elles. Maman est descendue au jardin aussi, je la guette avec les mêmes yeux. Papa, lui, ne bougera pas de là-haut, il est le ciel au-dessus de nous. Le ciel qui recouvre tout. S'il me regardait seulement de son ciel comme une fleur éclose de ce matin.

Je pousse mes pas dans le jardin, loin de ce que je suis, laissant derrière moi l'image qui me ressemble mais qui n'est pas moi. Parce que en ce moment je ne peux pas rester. Je ne pourrai pas répondre à papa s'il me parle de sa fenêtre du premier étage, ni écouter ce qu'il me dira, ni faire ce que je devrai. Simplement je ne pourrai pas. J'ai cessé d'être ce qu'il croit que je suis : une enfant qui joue à la marelle, une enfant qui saute à la corde, une enfant qui fait la petite folle, une enfant qui aimerait qu'on la gâte. Rien de tout ça. Ce n'est pas moi, ça, une enfant qui s'assied dans un fauteuil et joue avec ses doigts de pied. Ou une enfant qui perd son temps à discuter avec son papa. Mais je veux bien lui laisser cette image avant de partir au loin. Indifférente très différente. Qui aspire de l'air jusqu'à fondre et disparaître d'ici et d'ailleurs. Jusqu'à être l'air que personne ne voit. Adieu, papa.

Maintenant dans le jardin seul avec lui-même, un oiseau siffle, va se cacher autre part, puis attend. Il siffle, puis attend encore. De voir si quelqu'un se laisse attraper et lui répond ? Un jeu à lui ; ça dure un bon moment. Et plus rien. Silence. Ce silence écoute, bat comme un cœur. Le jardin se sent plus seul que jamais, un jardin de douleur. Il n'a qu'à s'en prendre à lui-même, à ces ombres qui s'agitent dans tous les sens. Jusqu'à quand, Seigneur ? De chaque côté, elles se rient de lui, de chaque recoin. Je n'y suis pas, moi, je n'y suis plus.

Chien essoufflé, il n'y a donc que ce silence. Et voici qu'arrive *la chose*. Elle arrive. Le silence est le seul à connaître son nom. Et si c'était moi, cette *chose*, moi avec une grosse tête, de grosses lèvres ?

Mon pays n'est pas celui de papa, mais ce n'en est pas moins un désert en quelque sorte, un désert d'eau, de forêts et de rien. Où seul le silence connaît mon nom, pour autant qu'au désert on ait besoin d'un nom.

— PAPA, maintenant je vais danser, et toi, tu feras la musique, décrète Lyyli Belle, venue me trouver.

— Et si on mettait un disque, ce ne serait pas mieux ?

— Non, c'est toi qui feras la musique.

— Eh bien, Lyyli Belle, allons-y.

Tour à tour modulant, phrasant, grondant, *con fuoco* et aussitôt après *giocoso*, je me mets à improviser sans tarder, j'imite un instrument, puis un autre et même deux ensemble parfois. Et elle, lancée : écarts, entrechats, voltes, pirouettes, suit, pas un instant prise en défaut ou à contretemps. Ses yeux, avec leur sourire, dans un visage grave, ne me quittent pas. Un sourire retenu, adressé moins à moi qu'à elle-même, une expression concentrée sur l'effusion de son corps.

Il n'y a pas de plaisir sans folie, sans vertige. Bientôt je la vois transportée, soulevée, s'essayant à des figures imprévisibles, risquées. Exactement comme on se jetterait dans un incendie pour y nager à la brasse, et le bois nourrit de nouvelles flammes. Une fascination exercée par quelque chose d'indicible envahit son regard. Et maintenant ça s'écoule dans ses membres, commande ses mouvements. Elle s'isole à ce point dans la danse que je m'inquiète et me demande si, interrompant, moi, ma musique, elle en viendrait à s'arrêter.

Déjà, sa mère. Sa mère, avant elle... Un jour, — il s'en fallait encore de quatre ans que Lyyli Belle fût née —, nous rentrions les bras chargés de provisions dans un appartement qui nous avait été prêté à l'époque et, je n'oublierai jamais cela : à peine ses paquets déposés, elle plaçait un disque sur l'électrophone, ne supportant pas de continuer à vivre sans danser, eût-on dit. Et la voici sur la pointe d'un pied, sur la pointe de l'autre, en train de se balader, de tourner à travers le living. Elle disposait de son corps comme elle voulait, il obéissait et elle le menait avec une grâce nonchalante, toute au bonheur qu'il lui offrait. Une grâce étourdissante aussi. De la valse à quoi elle s'abandonnait, elle s'enivrait en solitaire, et moi, l'âme simplement ravie, je l'admirais.

Sans glisser un seul regard de mon côté, avec le sourire intérieur qu'a Lyyli Belle en ce moment, les paupières même baissées, presque fermées : je le savais pourtant, elle me faisait don de sa danse. On aurait cru qu'elle accomplissait un rite devant moi. Cela au douzième étage d'un immeuble gigantesque, monstre.

Un rite? Par les baies ouvertes sur toute la

largeur et toute la hauteur de l'appartement, je vis alors pénétrer dans le ciel un ballon dirigeable. Quoi, qu'était-ce? Avais-je la berlue? Il avançait avec une lenteur hypnotique, je faisais ou il me semblait faire un rêve. Un rêve qui avait débuté par cette danse. Le dirigeable se déplaçait sans en avoir l'air dans un azur à la pureté immatérielle. Le rêve se poursuivait.

Une étrange émotion m'empoigna. La nef sortie d'un âge révolu, m'éveillant à une autre réalité, libérait en moi je ne comprenais quel élan, quel secret espoir. Elle était chargée d'un message et il était parvenu au destinataire, il m'était parvenu. Le secret espoir était-ce celui-là? Ma compagne dansait, dansait toujours.

Lyyli Belle infléchit les bras, les jambes et là-dessus elle balaie le sol des mains, puis se redresse, amorce de nouvelles pirouettes qui la portent au cœur même de la danse, ou ce qui en a l'air. Et il apparaît en effet qu'il n'y a pas d'aboutissement si ce cœur n'est pas atteint. Or c'est ce qu'elle est en train de faire : y pénétrer. Par un report, un transfert inexplicable, la magie de l'opération se referme aussi sur moi — moi, chef d'orchestre et soliste, qui ne cesse d'emboucher les instruments les plus divers. Oui, là, devant, vous dans toute sa force, est ce que vous espériez, attendiez sans trop oser y croire.

Elle s'immobilise d'un coup sur cette figure : pieds croisés, les bras arrondis au-dessus de la tête. J'escompte la suite, j'en suis à la prévoir et j'y anticipe avec ma musique.

— Mais papa, c'est fini.

Il n'y a pas, il n'y aura pas de suite.

L'enchantement se dissipe non sans laisser en suspens dans l'air les traces de quelque chose, on ne sait quelle chose, parfum, ou rire, ou pensée.

J'applaudis :

— Bravo !

Oh, vous tous les objets de cette maison, toute la lumière du soleil et les présences invisibles qui habitez avec nous et nous regardez vivre, venez applaudir avec moi.

Détendue à présent, Lyyli Belle, avec un regard amusé me voit faire. Les routes par lesquelles je vais, elles-mêmes s'égareraient si je ne me trouvais sous ce regard, ce but, mon but, le seul qui mériterait d'être atteint.

— Lyyli Belle ! Lyyli Belle, je sais que tu es dans l'un de ces arbres ! Descends, Lyyli Belle, descends de là !

Maman qui m'appelle. Et moi je suis un fantôme, je joue à la fille de l'air. Elle ne saura jamais où je suis, dans quel arbre. Et cet affairement des oiseaux qui l'accompagnent de leurs cris, quelle affaire ! Eux, ils savent. Mais tout ce tapage, ils le font justement pour ne pas dire où je suis. De la poudre jetée aux oreilles. Je peux avoir confiance en eux.

— Lyyli Belle ! Lyyli Belle !

Elle continuera encore un moment comme ça et puis elle se fatiguera. D'ici haut, je surveille le monde. Si on lui fait du mal, si des méchants viennent avec de vilaines idées. Je prendrai une grosse voix d'ici haut, je leur flanquerai une belle peur. Je garde le monde. Tout.

Le matin souffle sa fraîcheur, sa blancheur. Je dis : et son bonheur. Mais la maison a toujours l'air de dormir là-bas, de rêver encore, sombre en dedans. Sombre et profonde. Maman déjà levée est sortie aussi, lune matineuse avec son auréole de sommeil. Les choses dehors sont réveillées depuis longtemps, les arbres ont leur figure de la première heure. Une figure neuve, une figure calme. C'est la plus belle : la figure qu'on a, après avoir rencontré la personne de son rêve.

C'est pareil chaque matin. Après, ce n'est plus pareil, même si tout reste beau.

La forêt, bleue comme elle est, elle cherche dirait-on à entrer dans le jardin pour voir ça de plus près. Mais autre chose marche et on ne voit pas ce que c'est. Autre chose vient pour entrer partout, traverser tout. Ce n'est pas la forêt. On ne sait pas.

Chut, c'est l'ombre de la lumière, courante, traversante, entrante. Mon cœur écoute sans battre, un moment. Silence de celle qui marche, arrive et passe. Mon cœur se remet à battre tout doucement.

Pourquoi chercher à la voir : elle ne montre son visage à personne. Mais vous, vous l'avez peut-être déjà vue. Lui parler? Elle a peut-être une voix. Cette parole qui parle en vous, ne cesse jamais. Qui sait si elle n'a pas besoin d'amitié, de pitié. Besoin de votre vie pour vivre, de votre visage pour se montrer. Oui, mais si elle n'a pas besoin de tout ça ? Ce serait alors qu'elle aimerait qu'on lui donne autre chose, une chose qu'on ne peut pas donner. Son regard m'enveloppe d'obscurité et je tremble;

que peut-on lui donner qu'on ne peut pas donner ?

Tant je tremble que je me ferais tomber de cet arbre. Ne me laisse pas tomber, Seigneur. Et maintenant j'ai du rouge plein la tête, plein moi, du rouge sang. C'est le sang du soleil. Le soleil, lui, est tombé sur moi.

— Veux-tu descendre de ton arbre, dievotchka ?

Mais elle ignore quel arbre.

— De cet arbre où tu te caches. Viens prendre ton petit déjeuner.

Non, elle ne peut pas savoir. Parce que je change d'arbre chaque fois. Parce que je me change en arbre. Elle voudrait que je descende. D'où ? Je suis cet arbre. Je vois mieux la vie avec mes feuilles. Autant de feuilles. Et aussi bien, je touche l'air avec mes feuilles. Autant de feuilles, autant de mains, autant d'yeux.

Son regard pendant qu'elle m'appelle : *viens prendre ton petit déjeuner,* noyé de lumière, et noyé de sourire. Il est vert. Il peut être beau, il peut être terrible. Mon regard à moi est celui d'un écureuil avec sa couleur noisette, il me fait chaud quand je regarde.

Toutes les feuilles se mettent à chuchoter, à rire. De quoi. On dirait des filles au passage d'un garçon. Le vent est passé, mais les feuilles s'obstinent à chuchoter. Elles ne se sont pas aperçues qu'il est passé. Lui, s'est-il simplement douté qu'elles l'épiaient et se moquaient ? Moi je n'attendrai jamais que l'un d'eux me tombe dans les bras. Je vais monter plus haut.

Sur mon arbre, je grimpe aussi haut que possible, je m'arrache la peau des mains, des genoux, des pieds. Je me déchire pour lui alors que je pourrais demeurer au sol et me promener tranquillement dans le jardin. Me promener, jouer. Ou aller aider maman à épousseter nos meubles en prenant soin de tous les petits objets, ces amours de petits objets qui vivent avec nous et veulent bien nous tenir compagnie. Ils doivent avoir aussi leurs petits secrets. J'en suis sûre. Mais ils se les gardent. J'espère qu'ils ne s'inquiètent pas trop de nous voir tourner autour d'eux sans arrêt.

Le vent repasse. Il cherche quelque chose ou quelqu'un. Peut-être ces choses qui se cachent comme des lops. Les *lops ?* Ce sont des loups qui ne sont pas des loups, mais qui ressemblent à des loups. Rien que d'y penser ! Si on n'y veille pas. Heureusement, bleu, bleu, bleu, léger, léger est le ciel : il existe sans exister, une grande joie le soulève, une grande confiance. L'heure des lops peut attendre.

Là-bas, c'est la maison maternelle. Ici, la maison paternelle. J'y suis autant à l'abri que dans la lumière devant moi et derrière. Plus loin, se tient la forêt sans herbe, avec seulement des fougères, des ronces, des fleurs sauvages. C'est nulle part, cette forêt et ses lops prêts à sortir, à courir de chaque côté, à vous poursuivre. Je ne sais presque pas le genre de père que j'ai et comment il me protégerait. Les yeux fermés, je sens quand il est là, une émotion frissonne en moi. Qu'y aurait-il de plus fort que...

Que la vie ?

Pour l'instant, maman avec ses paupières en pétales de rose, sa beauté, voilà tout ce que j'ai.

Être une maman et être aussi belle, est-ce possible ? Je comprends papa quand il dit que je suis l'enfant de l'amour. Il dit de ces choses ! Il me voit rougir, il voit la brûlure de ce rouge me monter jusqu'aux cheveux. Il le dit, il me regarde dans les yeux, il sourit et il le dit. Comme tout est près, et loin.

Même la hauteur où je suis arrivée, où je me cache. Même les menus bruits qui font des trous dans le silence. Sans parler des yeux qui vous transpercent quand vous êtes occupé à regarder ailleurs. Et le regard d'un papa absent. Il n'y a que les arbres qui ne sont jamais fatigués d'être là. Je les aime tellement pour ça. Quoi de plus important que...

Mais l'espoir est capable de mourir et vous avec. Il faut alors savoir de quel côté se tourner. On peut interroger le ciel. Il ne sera pas forcément noir de nuages ; ça lui arrive, mais pas forcément. Prenez un morceau de ce ciel, bien net, bien propre. Mettez-le sur votre cœur, au moins pendant une journée. Il vous montrera la route.

Où cette route conduit, c'est une autre affaire. Moi, je sais, je le dirai sans doute au chat mais je ne vais pas le crier sur les toits.

On est prisonnier, oui, même de sa force. Tout le temps de quelque chose. Une chose que, si on lui échappe, on ne va pas beaucoup plus loin. Elle aura vite fait de vous ramener dans sa prison et de refermer la porte.

Moi, elle ne me ramènera pas. Moi, je renverserais des montagnes si elles se mettaient en travers de mon chemin. Soit dit en passant, mon pays n'a ni de ces montagnes ni d'aucune autre espèce. Mais maman, certains jours, a un regard qui a l'air de passer entre des barreaux de prison. Elle ne trouve plus par où sortir. Elle a oublié. Elle construit son cachot, en tourne la clé, la jette par le judas et oublie l'avoir fait. Maman, maman, n'oublie pas que c'est toi. Où es-tu, maman ? Je t'appelle ! Où es-tu ?

MAMAN est adorable, elle en est une fois encore à raconter : ... *Et je me retrouve dans cette salle d'attente. A quel aéroport ? De Berlin-Est ? Non, de Poznan. Il fait si froid ! L'hiver polonais. Lugubre comme un tonneau troué. J'avais déjà passé quelques-uns là-bas. Mais avant. Je n'ai jamais connu autant de courants d'air, de cornichons gelés, de pommes ratatinées sur les charrettes des marchands ambulants, de rideaux souillés flottant au rythme d'une porte qui s'ouvre et se ferme. Dans les cafés et les boutiques, par terre, se mêle une pulpe de misère à la neige. Quelque part dans des arrière-cours perdues, une cave, deux caves pleines d'une fumée âcre, et les mêmes odeurs, odeur de reinjak, odeur des inévitables gâteaux à deux zlotys qui ont toujours le même goût : un, de farine, deux, de sucre ; un, c'est du bœuf, deux, c'est de la vache. Des toques de fourrure artificielle hautes comme des babas. Une scène minuscule. Un blond bonhomme chante comme pour empêcher que le décor ne s'écroule sur lui. Il a des dents si rares que là aussi passent des courants d'air. Il commence d'une voix légèrement nasillarde :*

Je n'en veux pas, des étoiles ;
Je n'en veux pas, des océans ;
Je veux la Pologne avec des pommes
De terre grosses comme un poing.

Dors, mon petit, dors,
Ta mère est partie pour Pariiis !...

La voix monte dans ce « Pariiis !... » si apitoyant que tout le monde a chaud. Les bottes de vinyle frappent le plancher à la même cadence, elles piétinent la pulpe de neige et de misère. On est au chaud. On tient à la main le billet rose des wagons-lits soviétiques : Moscou-Paris ; voyage en pyjama acheté avec des dollars verts, têtes souriantes aux dents vertes, prix verts à raison de deux cents zlotys le dollar !

Dors, mon petit, dors,
Maman est partie pour Pariiis !...

Et mamouchka de répandre autour d'elle un rire candide. Tandis qu'elle raconte son histoire, il arrive aussi quelque chose à son visage. Il n'est plus qu'un feu de joie, mais ce n'est pas ça, c'est autre chose qui lui arrive.

L'aéroport de Poznan donc. La salle d'attente. Je sirote mon thé. Les haut-parleurs — est-ce qu'il y a des haut-parleurs à Poznan : certainement pas — non, c'est un agent de la LOT qui annonce : « En raison des intempéries, il n'y aura pas de vols pour Varsovie aujourd'hui. Les voyageurs sont priés de se rendre à la gare, où leurs billets seront échangés. Le train part à dix heures trente. »

La troupe des voyageurs se lève, s'agite, on rassemble ses bagages, cherche un taxi. On regarde l'heure avec inquiétude. On discute, on s'impatiente. Je prends en main la direction du groupe d'hommes d'affaires que j'accompagne.

Nous voilà dans le taxi. Puis dans le train, puis dans notre compartiment. Un gros ingénieur portant une toque à la Pouchkine m'offre du chocolat. Mais comment se fait-il qu'il garde sa toque sur la tête : ne sommes-nous pas déjà chacun à notre place dans le train ? Sans doute ne le sait-il pas encore. Ou alors c'est moi qui me trompe.

Nous sommes bien dans notre compartiment, puisqu'il a partagé son chocolat avec moi. Et c'est à ce moment... Non, non, que moi aussi je sois dans ce train, c'est impossible, je n'ai pas échangé mon billet. Tout en croquant le chocolat, ça me revient, mon sac me revient à l'esprit, le sac avec ce qu'il y a dedans, y compris mon billet. Je le revois comme je l'ai suspendu au dossier de ma chaise dans la salle d'attente de l'aéroport. Il est là-bas ! Je l'ai oublié là-bas ! Mon passeport, des dollars, mes marks. Adieu, mon voyage à Paris !

Je ferme les yeux. Je n'ose pas en parler aux autres.

Je continue à mâcher mon chocolat comme si c'était du papier, de la gomme ou n'importe quoi. Je partirai comme ça, tant pis. Ce serait folie que d'espérer retrouver ce sac dans un endroit pareil ou de prendre la peine d'aller le chercher. On ne crache pas sur des dollars ; pas ici — ni ailleurs. Et mon passeport ?

Peut-être vaudrait-il la peine d'essayer tout de même.
Elle raconte, raconte. J'ai remarqué que, plus elle raconte cette histoire, et c'est une fois de plus, plus elle efface les choses avec les mots, ce qui lui est

arrivé. Il ne reste que les mots, on n'entend que leur bruit et on s'attend seulement à voir comment elle va les dire. On ne peut rien pour les mots prononcés tant de fois, on ne peut rien. *Je vole à travers le couloir du wagon. Deux marches, je les saute ; le quai, la sortie devant laquelle stationne un taxi. Notre taxi, une chance ! Mais je n'ai pas un sou sur moi. Ni de papiers, ni de bagages. Et le train ? S'il partait entre-temps ? Pas la moindre notion de l'heure qu'il est, non plus. Qu'est-ce qu'ils ont dit : départ à dix heures trente ? Mon Dieu, quelle heure peut-il être ? Je pose la question au chauffeur de taxi.*

— Dix heures quinze, me répond-il négligemment. Où Pani veut-elle aller ?

Je serre mes gants dans ma main.

— A l'aéroport.

C'est tout ce qu'il me reste à serrer. Je m'accroche à cette paire de gants comme si c'était mon argent, mon passeport, ma montre, le temps dont je dispose. Ils sont mes rênes. Allez, vite, vite !

— Pani ne revient-elle pas à l'instant de l'aéroport ?

— Il faut y retourner, et vite s'il vous plaît.

La nuque du chauffeur me regarde, rouge, au-dessus de son siège, de ses épaules. Et lui :

— Quel temps de chien.

Heureusement que la ville est petite. Heureusement que nous sommes un dimanche matin et que les rues sont vides. Tiens, je sais au moins que nous sommes dimanche.

La baraque de l'aérodrome est en vue. Je crie au taxi en courant vers l'entrée :

— Attendez-moi.

Il n'y a personne. Ma table, ma chaise, où sont-elles ? Là-bas. Non, plus loin. Mon sac n'a pas bougé de sa place !

Plein qu'il est de bons dollars. Sauvée. Le train n'a qu'à partir... Je me précipite quand même vers le taxi, raconte au chauffeur ce qui s'est passé. Et je lui fais flairer l'odeur des dollars. Sa vieille Pobieda, il la lance du coup comme une flèche à travers Poznan désert.

J'arrive à la gare à temps. Mes compagnons de voyage sont tout ahuris. Sous leurs yeux, je pleure, je ris, j'étale mon argent sur la tablette du compartiment. Pendant que le train se met en marche, il frémit doucement. Un oiseau qu'on a cru mort et qui revit.

C'était il y a longtemps, avant que je sois née. Maman raconte cette aventure. Les larmes lui remontent aux yeux. Elle rit aussi, c'est vrai. Combien je l'aime lorsqu'elle rit avec ces yeux mouillés en penchant la tête de côté. Maman n'est toujours pas assez vieille pour chercher à se rajeunir. Elle ne fait rien pour ça. Elle se garde jeune sans ça. Un jour viendra, sait-on, où... Que ce soit le plus tard possible. En ce moment, elle fait si jeune ! Papa qui l'écoute sans perdre un mot, sans détacher d'elle ses yeux de loup, ne lui dit jamais qu'elle a déjà raconté cette histoire.

J'AIME être seule. Je préfère. Je ne vois pas comment le temps passe. Le temps, simplement je n'y pense pas.

Quand je suis seule, je ne suis jamais seule. Toutes ces Riita, Maja-Lena, Anikki, Eeva, je n'en ai que faire. L'autre jour, sous prétexte qu'elles sont mes camarades de classe, maman aurait voulu qu'elles viennent pour le goûter. Je n'ai pas voulu, moi. On est en vacances.

A tout, je préfère la compagnie de ce qu'on trouve au jardin et, d'abord, les arbres. Quelquefois j'y rencontre ces étrangers, les *haïoks*. Quelquefois, pas toujours. Comme je n'ai pas peur d'eux, ni d'aucun étranger, nous sommes amis. Ils m'apprennent des choses, je leur en apprends d'autres et toutes sortes d'histoires y passent. Je fais vite de raconter les miennes, car on n'a jamais le temps avec eux, ni pour en ajouter de nouvelles.

Quand papa n'est plus avec nous, c'est là que, pas un jour les haïoks n'oublient de venir. Sans que j'aille les chercher. Il suffit d'attendre, ils n'oublient pas. Mais à présent qu'il est avec nous, ils apparaissent moins souvent. A force de partir et de repartir, deviendra-t-il lui aussi un haïok, et plus haïok même que les autres : ceux qu'on ne connaîtra pas, qu'on ne rencontre jamais ? Peut-être. On verra bien.

Chaque fois qu'il s'en va, Seigneur, comme le monde déborde d'objets, de gens qu'on n'a pas demandé à voir ! C'est le vide de ce qui est trop plein. Avec mes étrangers, mes haïoks qui se manifestent alors, je ne peux pas dire que je sois seule. Mais du coup, maman, elle, ne fait que tourner sans savoir de quel côté aller. Plus seule encore, elle a l'air, quand elle ne fait que rester assise sur une chaise, les mains l'une dans l'autre. Assise à penser. Comme si elle avait perdu on ne sait quoi et qu'elle cherche tout le temps à se rappeler. Comme si elle-même était perdue et qu'elle ne s'y reconnaisse plus, ne s'y retrouve plus dans ce monde, un monde perdu avec papa, avec elle, avec moi, et tout le monde. A la voir ainsi, j'ai dans la bouche un goût de groseilles à maquereau pas mûres.

Je traîne dans le jardin sans trop savoir ce que j'espère découvrir. Des allées et, entre elles, des rosiers, des buissons ardents, des pins, des bouleaux, des places d'herbe rase, un jardin qui s'enfonce dans la forêt qui, elle, va se perdre au bout du monde. Le jardin sait qu'il est à moi ; pas elle. Avec ces chemins qui débouchent l'un dans l'autre, on est comme quelqu'un qui... s'attend à se rencontrer lui-même, tout ce que chacun de nous cherche.

En attendant ce moment, le jour se fait infini, le calme infini, l'été infini. Tout est infini. Le silence et le cri d'un oiseau. Le temps aussi. Cela n'arrive que de temps en temps. Et dans le sable des allées, vous découvrez des marques de pas, vous ignorez de qui, mais elles sont infinies aussi. Vous vous dites : « Alors, elles ne sont pas de moi. » Mais de qui d'autre ? Mes étrangers, quand ils viennent, ne laissent aucune trace, jamais, même s'ils savent où ils se trouvent, chez moi, et que c'est pour jouer ensemble, chanter ensemble.

Derrière un gros pin, je me cache des fois et je lance : « Attrapez-moi donc, si vous pouvez ! » Juste pour voir si ces autres étrangers vont se montrer.

Finalement ce que nous aimons le mieux, avec les haïoks, c'est raconter des histoires. Des histoires drôles à vous faire tomber sur le derrière en hennissant comme des chevaux en train de se noyer. Nos rires, il y a des jours, montent si haut que maman sort de la maison et demande, inquiète :

— Lyyli Belle, que t'arrive-t-il à hurler de rire toute seule ? On dirait une folle.

Je ne suis pas folle, maman. Tu ne sais pas. Tu ne sais rien. Je mets la main sur ma bouche, j'étouffe les gros bouillons qui me prennent encore à la gorge.

Elle hésite un moment sur le pas de la porte

puis, avec la mine d'une suppliciée, elle rentre. Elle a passé l'âge.

Plus prudents, moi et les haïoks, huch, huch, huch derrière les rosiers qui nous abritent, c'est tout ce que nous faisons.

En ce temps d'été, il ne fait pas nuit de toute la nuit. Avant que personne ne soit levé, hop, je file ! Je n'attends pas le matin pour sortir, aller retrouver les haïoks et des fées claires comme le jour. Tout ce monde m'a déjà devancé dans le jardin quand j'y arrive. Ils tournent, silencieux, entre les arbres, s'élancent sans réveiller cette nuit qui rêve les yeux ouverts. Et tandis qu'ils se croisent, se poursuivent, j'entre aussi dans la ronde, légère sur mes pieds nus. Je ne sens plus la terre. Je ne sens plus mon corps.

A la maison dorment ceux que j'aime. Je danse pour eux, pour les sauver de tous les dangers, pour qu'ils ne fassent pas eux-mêmes leur propre malheur. Belle, la nuit brille et je pense à eux. Je pense et je danse. Tourbillon d'air, vite, vite avant que l'heure du jour ne sonne, avant que l'aube ne se mette à secouer le duvet de ses ailes.

Tellement au-dessus de la nuit, le ciel suspend son lac pâle. Je lève mon visage pour recevoir sa fraîcheur et son pardon. Je demande pardon pour les miens aussi. Le jour pourra naître ensuite, moins blanc pour commencer, puis plus blanc sur les bords. Ce sera le regard qui revient à des yeux déjà ouverts et toute une lumière ébouriffée, hérissée de piquants, y sera, et le plein soleil sur le jardin comme sur la maison où on ne dort plus.

Pour le moment, je danse. Il fera nuit tant que je danserai. Et il ne fera nuit à aucun moment de cette nuit sans nuit. Je danse à en perdre la tête. Je n'ai plus de nom. Je ne m'appelle plus. Le nom est la lampe qui éclaire votre figure, mais sa lueur pourrait aussi cacher votre vraie figure et ne montrer qu'un masque. Le plus moi, est-ce mon nom, est-ce moi ? Quand je me parle, je ne m'appelle pas, je ne dis pas : *Lyyli Belle, je te parle.* Je n'ai pas besoin d'un nom pour savoir que je me parle. Je suis sans nom. Je ne suis que moi.

Mais d'un autre côté, c'est une nuit menacée par son mystère, sa trop grande douceur, sa blancheur. Toi sans nom, toi, Lyyli Belle, danse et souris à la fête silencieuse, solitaire. Tu te sens un peu respirer dans le vide, ça te tient en haleine, ton oreille guette les trompettes qui exploseraient de toutes parts si elles le pouvaient. Une attente toujours déçue.

Qu'aucune chose n'ait peur de l'autre. Eau vive, ta lumière s'inventera elle-même, ni blanche ni sombre, jusqu'au moment où le jour en viendra à poindre. Alors tu lui feras des signes d'adieu pendant que les chants d'oiseaux montent dans les arbres jusqu'à leurs pointes allumées par le soleil. Vite avant le vertige de la nouvelle lumière. Hâte-toi de danser un peu plus. Va loin dans le temps, Lyyli Belle, loin sur ses rives et rends regard pour regard à son eau clairvoyante. Elle te confiera un secret. Il sera pour toi toute seule.

Puis reviens.

Maintenant je reviens, je retrouve les chemins de la terre. Il fera bientôt jour. Je regarde tout et tout fait silence. Je continue, je regarde, le silence dure. On ne peut pas prévoir d'où le premier bruit va surgir, quelle sera la première feuille à bouger. Je suis plus malheureuse qu'heureuse.

De la pointe de son soulier et tournant au fur et à mesure : méthodique, les cheveux lui tombant sur la figure, elle trace juste devant la maison, dans le mélange de gravier et de sable, un grand cercle. Tâche dont elle triomphe bientôt. Ensuite...

Ensuite ? Elle redresse la tête, en secoue les cheveux pour les écarter de son visage, pose sur moi un regard rieur. Elle vient avec ce regard, me tire par la main. Elle me fait traverser le périmètre qu'elle a délimité d'un trait continu et prend soin de bien me placer au centre. Elle-même, après ça, en sort pour aller se poster à la périphérie.

Elle se tient simplement là et me considère du regard satisfait qu'on a pour un objet précieux enfin mis à l'abri. J'avoue d'ailleurs me sentir en sécurité comme cela ne m'est jamais arrivé, ou rarement.

Du bord du cercle que touchent ses pieds joints, elle m'ordonne alors :

— Prends ton carnet, papa.

Sans discuter, je retire d'une de mes poches le livret sur lequel j'ai l'habitude de griffonner toutes sortes de notes : n'importe quoi, un pense-bête.

— Et maintenant écris ce que je vais te dire.

Elle met sa robe blanche
Non pas pour se marier
Mais pour se coucher.

Je finis d'écrire. Je l'observe et j'attends.

— As-tu fini ?

Je fais oui de la tête.

— Ajoute ça :

Elle a quatre pieds
Mais elle ne marche pas.

C'est elle qui attend, cette fois. Je détache les yeux de mon carnet, et elle aussitôt :

— Écris encore.

Elles sont deux
Qui courent après le temps.

Mais le temps
Court plus vite.

Tout en me dictant ces paroles sibyllines, elle tourne autour du cercle en marquant de brefs arrêts. A l'un d'eux, elle m'enjoint de nouveau :

— Écris encore ceci.

Il a des dents
Mais il ne mord pas.

Il te prend aux cheveux
Et tu ne dis rien.

S'élargissant en spirale, sa rotation s'étend de plus en plus et, de l'endroit où elle parvient, Lyyli Belle demande :

— Maintenant relis-moi ce que tu as écrit.

Je relis.

— Bien ! dit-elle, non sans une certaine componction.

Et elle m'apprend :

— C'est terminé. Tu peux sortir de là.

— Sortir ?

Sa déambulation circulaire l'a conduite assez loin. De sa place, elle me regarde avec des petits hochements de tête et m'encourage :

— Tu peux sortir. Oui.

Oui : c'est vite dit, je le voudrais. Je suis entré dans le cercle avec ton concours, ma fille. Comment, tout seul, pourrais-je en sortir ? Une force invincible m'y retient prisonnier, une chose contre quoi je suis impuissant. Une flamme auprès de quoi je vais brûler. Un mur fait d'air, invisible, fait de mort.

Je m'arrache cet appel :

— Viens me donner la main, Lyyli Belle. C'est toi qui devrais aussi me dégager de là. Toi seule pourras le faire.

Je tends le bras vers elle. Ses sourcils remontent

jusqu'à disparaître sous sa frange, ses yeux s'ouvrent tout grands, une lueur y danse comme quand quelque chose la met en joie.

— Comment ! Tu ne peux pas te sortir toi-même ?

— Non.

— A quel jeu joues-tu, papa ?

Elle se précipite, ses éclats de rire répandus à pleine volée, elle me tombe dans les bras.

Je suis emmené hors du cercle. Mon sang gronde encore avec le bruit d'un torrent éloigné.

Mais me voici délivré. Je me ressaisis pour de bon.

— A ton tour, dis-je. Tu vas prendre ma place et tu écouteras ce que je te dirai.

Elle obtempère et je me plante en bordure du cercle ainsi qu'elle l'a fait elle-même en un premier temps.

J'annonce :

— Si tu veux toujours voir la lumière et jamais l'obscurité, cours sans cesse plus loin vers le couchant parce que loin à l'ouest, le soleil ne descend que pour relever la tête. Loin à l'ouest, c'est l'Est. L'Est céleste.

— Comme c'est beau, papa ! Comme c'est beau !

Lyyli Belle applaudit en sautant sur place. Puis elle se calme.

— Mais alors, dit-elle, il ne faut jamais s'arrêter si on veut voir tout le temps de la lumière.

— Non, jamais.

L'expression émerveillée autant que rêveuse, le regard ébloui par l'illumination perpétuelle qu'elle entr'aperçoit déjà, elle demande après un petit moment de silence :

— Si on essayait, un jour ?

— Pourquoi pas ?

Je me surprends à songer, moi aussi, à un soleil qui ne ferme jamais les yeux, à un *maghreb* qui serait le *machrek*.

Je lance, écartant la vision :

— Je continue : faut-il te demander ton nom ? Inutile. Faut-il te demander ton âge ? Inutile. Où tu habites ? D'où tu viens ? Inutile. Que peut-on dire de la personne qu'on connaît le mieux ? Rien. Et d'une personne dont on ne connaît rien ? Rien non plus. On peut regarder l'une et l'autre. Je te regarde. Tu fais ce que tu dois faire. De même, la personne qu'on ne connaît pas ne fait que ce qu'elle doit faire.

Lyyli Belle tente d'argumenter :

— Mais papa...

Puis elle s'arrête court, ses traits se crispent. L'effort est visible, sinon douloureux, qu'elle met à réfléchir.

N'ajoutant plus un mot, je m'incite à un peu de patience, quant à moi.

A la fin, elle murmure :

— Seigneur, en sera-t-il toujours, toujours... ainsi ? Et quand cela cessera-t-il ? Quand cesserai-je d'être cette personne qu'on regarde tout le temps faire ce qu'elle doit faire, même si j'étais une autre ?

Elle est, je m'en rends bien compte, au bord des larmes. Mais ce n'est pas à moi qu'elle s'est adressée.

A la réflexion, je prends cependant sur moi de lui répondre :

— Quand tu sortiras de ce cercle et que tu te mettras à vieillir. On ne vieillit jamais, enfermé dans un cercle.

D'un seul élan, elle bondit par-dessus la limite tracée par elle, non par quelqu'un d'autre, pour venir, toute haletante, se jeter contre moi.

— Oh, papa ! Oh, papa !

Après l'envol, elle m'est retombée ainsi, sans force, dessus. Je la soulève. Je l'examine. Il me semble ne l'avoir jamais vue avant ce jour. Mais d'où, en ce moment, cette enfant me vient-elle ? De quel exil, de quel occident obscur ?

Au cœur du cercle, la Face terrifiante nous a fait comparaître devant elle et nous a contemplés durant quelques secondes. Une seconde de plus, et ç'aurait été une seconde de trop.

Sans nous concerter, d'un accord tacite, Lyyli Belle de son côté, moi du mien, nous nous mettons à effacer des deux pieds les contours du cercle inscrit dans le mélange de gravier et de sable. Bientôt il n'en subsiste pas une trace. Nous n'en sommes plus à devoir nous entendre pour faire une même chose d'un même mouvement.

GRIMPER aux arbres, monter sur l'un de ces arbres, quand on n'en peut plus, quand on a besoin qu'on vienne à votre aide et que personne ne vient vous apporter cette aide : on met alors sa vie au-dessus du regard des autres.

Il y aura, je pense, tout le temps ces foules qui vous tiennent à l'œil. Foules de gens. Foules de choses. Le jour est un mur de feu nu, blanc. Je presse ma gorge des deux mains pour ne pas étouffer. J'essaye de retourner au pays d'où je suis sortie sans le vouloir. Dans ce pays, toujours se trouve un refuge pour moi.

Mais il y a aussi le rêve qui se change en cauchemar. On voit ça quand on voit plein de gens et de choses et qu'on ne se voit pas parmi eux. Quand on les entend parler sans se voir, sans s'entendre soi-même. Quelle horreur ! La vie vous devient impossible à supporter alors que, insupportable, elle l'est déjà assez.

Kikki, lui, n'a pas aimé ma nouvelle robe. Papa me l'a pourtant apportée de Paris. Kikki me l'a crié de derrière ces rosiers qui entourent la table du jardin avec ses bancs. Il n'a pas osé se montrer. Il l'a dit : qu'elle n'est pas belle. Il l'a dit. Mais il ment. C'est une bien jolie robe, bleue avec une fleur d'églantier rapportée sur la poitrine.

Je ne comprends pas ce qui se passe avec lui. Depuis quelque temps, il déteste tout en moi. Tout ce qui me plaît. Maintenant c'est ça son plaisir : me gâcher mon plaisir chaque fois qu'il peut.

Serait-il devenu jaloux ? Et moi qui fais tout ce qu'il faut pour lui être agréable ! Avant, il n'était pas ce qu'il paraît du coup vouloir être, si seulement il sait ce qu'il veut être.

Depuis quelque temps par exemple, il refuse de marcher à mon côté lorsque nous sortons avec maman ou avec papa, ou avec les deux. Il se tient loin derrière ou devant en jetant des regards en dessous et de l'air de tout reprocher à tout un chacun et à moi la première. Lui qui était si doux, si gentil. Un ange et il s'est fait diable, il défie le monde, il me nargue. C'est bien le diable qui lui est entré dans la peau et sous cette peau il ne sait plus que vous jouer de vilains tours.

Parce que, à moi, il ne peut rien faire ni me cacher pourquoi il le fait. Pourquoi cette façon qui lui prend souvent de jouer au fantôme, d'apparaître, il est là devant vous et pfuit ! il n'y est plus, vous avez beau l'appeler, le chercher, rien n'y fait. Et pourquoi des fois il me suit et encore, sans se laisser voir, il ricane en douce tant qu'il peut. Quelles manières : je regarde autour qui rit évidemment de moi, et pas de Kikki. Des rires, des éternuements, oui. Et plus je regarde et me retourne, plus il n'y a que ces rires, ces éternuements, je n'arrive jamais à le prendre sur le fait.

S'il ne veut plus de moi ni de ma compagnie, qu'a-t-il à ne pas me lâcher d'une semelle ? A des moments, je vous jure, ce n'est pas gai.

En ce même moment, que manigance-t-il ? Il a su que j'étais perchée sur cet arbre. Ce n'est pas étonnant : il sait tout, il voit tout. Il est donc arrivé, il n'a pas dit un mot, il a lancé sa tête contre le tronc et il cogne avec l'espoir que peut-être il renverserait l'arbre. Comme s'il était un taureau ou une bête aussi capable, aussi épouvantable, un gringalet comme lui.

Sûr que l'arbre tremble, tellement Kikki tape fort, mais il tient bon, il reste planté à sa place. Et lui, Kikki, de frapper toujours plus du crâne bien que je lui crie d'arrêter et que cet idiot, comme si je m'adressais à un sourd, continue et attaque aussi sourd l'arbre qui ne bouge pas, même s'il est secoué un peu.

Je comprends ce qu'il veut : se faire éclater la tête comme une noix. Je lui crie plus fort, qu'il cesse à la fin, je crie de plus en plus fort. Mais pas moyen qu'il vous entende. Lui n'entend que sa caboche sonner contre l'arbre. Et encore !

Je saute à terre, je me jette sur lui pour le ceinturer. Je crois l'avoir dans mes bras. Et rien, je les ai refermés sur de l'air, il s'est éclipsé. Idiot !

Il ne m'a échappé, en vrai, que pour aller trouver un autre arbre et lui foncer dessus. C'est le jeu qu'il a inventé, ce matin. Et je le vois y aller d'un coup si violent qu'il rebondit et se retrouve le cul par terre. Moi, j'éclate de rire, je ne peux pas m'en empêcher. Ce qui ne l'empêche pas, lui de se relever et, furieux, de recommencer comme un enragé.

Il lui pousse des forces comme ce n'est pas possible. Mais il cogne et l'arbre ne bouge pas. Il cogne, et il en est pour ses frais.

Je cours alors me mettre entre l'arbre et lui. Il passe de l'autre côté et sa tête frappe encore, claque. C'est effrayant. Pas un son ne sort de sa bouche, l'arbre lui rend maintenant ses coups et je hurle, moi : « Assez ! Assez ! Ça suffit ! »

Mais on dirait qu'il tient à culbuter cet arbre. Mon œil, s'il croit pouvoir y arriver. L'arbre se dresse là, indifférent. C'est lui Kikki plutôt qui, s'il cherchait à se détruire et en finir, ne s'y prendrait pas mieux.

Personne ne doit jamais faire ça, n'a le droit de se vouloir du mal. Pas plus que de vouloir du mal aux autres, en tout cas. Et Kikki y va aussi fort qu'il peut. Des petites larmes de sang commencent à couler sur son front, à descendre et à s'égoutter dans ses yeux. Puis, un nouveau coup, et il retombe assis.

Je m'élance vers lui. Il se relève avant. Un instant, je crois qu'il va remettre ça, encore se battre avec l'arbre. Mais il s'est échappé, il s'est sauvé. Il a disparu comme il sait disparaître quand il veut et là où, aussi malin qu'on soit, personne ne peut le rejoindre.

Je ne le reverrai plus, sûr et certain.

Je garde ma peine pour moi. A quoi sert de montrer qu'on souffre ? Où est-il maintenant ? Que vais-je devenir, que va devenir le monde avec lui en moins ? Tout ce qui se trouve là autour sera perdu pour lui : ces arbres, le bleu du ciel pris dans leurs cheveux. Les fleurs perdues. Leurs jolies teintes perdues. Leur gaieté, leur fierté. Toute la tendresse de la terre. Pourquoi ? Que désirait-il avoir d'autre ? Quelle folie s'était logée dans sa tête de bois ?

Je grimpe au même arbre, le mien, et j'y reste en attente. J'attends qu'avec ses mots d'arbre il m'explique pourquoi, d'où vient tout ça. Qu'est-ce, comment, pourquoi, etc. S'il comprend ce qui s'est passé et si c'est quelque chose qui puisse se dire. Il doit savoir, il devrait savoir. Parce que ça pourrait se reproduire.

Je m'arrête pour un temps de penser. Je vais me tenir tranquille. Je crois que ce sera mieux ainsi. Je me sens toujours soulevée comme par des vagues de mer et suspendue dessus et pas du tout rassurée par tout ce que je suppose bouger dessous, et qui serait encore sur le point de jaillir et de balayer le monde. Tous les papillons de mes pensées s'affolent autour de ma tête. Cela en vaut-il réellement la peine, que ces choses arrivent ? Quelle peine ! J'ai l'impression que je ne vois plus rien se produire sans être bouleversée.

Faut-il passer, les yeux fermés, à travers tout ? Les yeux fermés et les oreilles bouchées ? Maman aime passionnément papa, trop, et papa le lui rend bien. Pourtant ils ne s'entendent sur rien. Je sais. L'un évite de le dire à l'autre et, je crois, à eux-mêmes ils ne se l'avouent pas.

Seigneur, Seigneur.

Passer les yeux fermés, les oreilles bouchées, la bouche close, et dire que c'est le temps qui passe et la peine avec lui ?

Je cours de tous les côtés pour retrouver un chemin perdu. Pour retrouver peut-être quelqu'un sur ce chemin, quelqu'un peut-être de perdu. Et si c'était moi perdue. Je reviens sur mes pas, je n'ai rien trouvé, j'essaye dans une autre direction. Comme quand on veut revenir à un rêve perdu, y entrer de nouveau : on cherche par où y entrer et pendant qu'on cherche on oublie ce qui a été perdu. Le calme de ces arbres, ces bouleaux, un calme étonnant. Je ne vois pas trop ce qu'il faut en penser. Calmes à ne pas s'y fier. L'air trop entendu, entre deux airs. Et je ne m'y fie pas. Arrêtée, j'écoute, je guette. Non, je ne m'y fie guère.

Papa dit : « La vérité, si ce n'est pas un mur qu'on doit attaquer des poings, de la tête, des griffes et de tout ce qu'on a pour frapper, casser, ce n'est pas la vérité. » Eh bien, pour Kikki, ç'avait été ça qui l'avait fait se battre contre cet arbre. Il s'en doutait donc, qu'un arbre peut aussi être une vérité. Peut tenir assez pour être une vérité.

Et moi, ma vérité où est-elle ? Dans ma lumière et dans toute celle qu'envoie le soleil, quelque chose de nu et on est mieux habillé de sa nudité que de ses habits. Ce quelque chose, pour l'instant, qui ne se reprend pas, ne reprend pas son souffle, le retient, garde en suspens. Et si c'est un mur, c'en est un qui vous ouvre son cœur.

Une lumière, en ce moment, qui sourit, brille de toute sa surface. Je sais maintenant ce que je cherche, et mon regard avec moi le sait, et mon cœur. Ci et ça. Des ci et des ça qui font beau, font doux en moi. Je ne marche plus, ne foule pas la terre des pieds, je vole. Papa dit que je suis un œil en cœur. Il se comprend. Et moi, je le comprends.

J'exécute alors des sauts de cabri, je cours, je ne me lasse pas. Et si je stoppe net, me dresse toute tendue, c'est pour donner à mon ombre le temps de me rattraper. Je suis heureuse et elle l'est aussi, je suppose. Je sens sa présence dans mon dos. Comme moi, elle ne bouge pas, ne dit rien. Seulement, que je remue le petit doigt, et elle remue le petit doigt, que je me penche à droite, et elle se penche à droite, que je me relance dans ma course à travers le jardin et elle se relance dans la même course. Je ne vois pas, je devine ça.

Ce serait comme une autre moi avec des ailes et qui planerait au ras du sol. Sinon, moi je n'ai que mes pieds.

Toujours arrêtée, je ne me retourne pas, je ne tiens pas à lui donner l'impression que je l'espionne. Je reste là, et elle là. D'ailleurs, je n'ai rien à lui dire. Je ne crois pas avoir grand-chose à craindre d'elle. Deviendra-t-elle tout à fait moi quand je serai morte ou sur le point d'être morte ? Verrai-je ça un jour ? Jamais ? Je n'aurai pas besoin d'appeler alors qui que ce soit à mon secours, j'oublierai mon corps dans son lit et je partirai avec elle. Mais pour une fois, pas moi devant et elle derrière. C'est côte à côte que nous irons. Irons par des chemins oubliés, ceux du rêve qu'on a cherché à se rappeler. Ce qu'on avait oublié et qu'on s'étonne à présent d'avoir oublié aussi facilement. Je la regarderai et j'apprendrai que j'ai pris le bon chemin et reprendrai mes esprits pour aller là où chacun doit aller, où chacun est attendu.

Les oiseaux n'ont pas cessé de faire les fous pendant ce temps. Ils se crêpent le chignon, mais pour rire. Ils jouent à se faire peur les uns les autres et ils poussent des cris comme s'ils avaient vraiment peur. Et je te vole après, je te vole dessus. Mon cœur fait pareil, il vole avec eux, crie aussi. Il le fait, lui, pour tous ceux qui n'ont pas de voix et même pour ceux qui en ont une. Il regarde pour tous ceux qui vivent de l'autre côté et n'ont pas d'yeux et ceux qui en ont. On peut lui faire confiance. Je sais ce qu'il voit : ce qui est à plaindre, ce qui est aveugle, muet, et qui cesse là d'un coup de l'être et qu'il ne s'agit plus de plaindre. Comme lui, je suis la sœur et le frère de tous ceux-là : arbres, fleurs, ombres, lumières et les bêtes comme les hérissons, et même les pierres. Même les pierres, je ne crains pas de le dire.

Je n'ai d'ailleurs peur de rien. Parce que, aussi, je suis de moi la sœur et le frère. Nous allons passer toute notre vie ensemble, peut-être cent ans. Une idée qui ne me déplaît pas : ces mains, ces jambes, ce corps, tout ce temps ensemble, cent ans ! Fidèles l'un à l'autre. Je suis pleine d'amour pour ces choses, ce frère et cette sœur que je suis. Je peux même dire que c'est ce que je trouve de plus beau.

Cette sœur, ce frère toujours prêts à vous soutenir, vous affectionner. Surtout le soir lorsque les bruits retombent pour faire un étang obscur où ils se noient d'abord eux-mêmes, les bruits, et à leur suite le monde avec tout son mobilier de maisons, d'autos, de plantes, de gens. Mais pas le ciel et les étoiles, qui vont s'y mirer et, ces étoiles, découvrir comme elles sont belles tandis que sortent du noir d'autres bruits que personne ne connaît. Ceux-ci, on se demande s'ils ne marchent pas sur de la cendre et, la nuit qui les accompagne, si ce n'est pas une autre eau plus sombre qui les tire derrière elle comme une traîne, et encore derrière, tous les lacs du pays, il y en a tant ! Ensemble, à leur tour, s'ils ne vont pas contempler le ciel et ses étoiles comme un miroir qui se regarderait dans un autre miroir. On ne saurait, du coup, plus qui est qui.

J'en ai vu de ces lacs ! Ils vous considèrent avec la tristesse de ceux qui ne peuvent rien pour vous. Qui saurait dire quelle image ils se font de nous, et s'ils en conservent le souvenir ou nous oublient ?

Papa, dans son pays, n'a pas de lacs, mais il a des montagnes.

— C'est bourré de montagnes, dit-il.

Nous n'en avons pas une seule, nous. Nous ne savons pas ce que c'est, une montagne.

— C'est plus haut que tout, dit-il. C'est ce qu'il

y a de plus haut qui puisse tenir debout et prendre de la place.

Nos lacs, eux, restent toujours couchés, mais ils prennent aussi de la place, comme le vide tient de la place, pas mal de place. Chez nous, vous avez justement tout le vide que vous voulez, toute la place. Et ces lacs qui sont une grande lumière qu'on redouterait de voir se briser.

— La montagne, rien ne peut la briser, la montagne c'est dur, c'est épais, c'est opaque, dit papa.

Nos lacs, c'est du silence fait eau, lumière.

— La montagne, c'est un grand bruit énorme, mais en dessous de l'oreille.

Je l'écoute parler de ses montagnes, je crois entendre leur bruit et je songe à la perfection du silence, à la perfection de la lumière de nos lacs. Et si on y ajoutait la perfection de nos neiges...

Mais verrai-je une montagne et à quoi ça ressemble, au moins une fois ?

— Et au-delà des montagnes, dit papa, il y a le désert.

Le désert ?

— Le désert, dit papa, c'est le désert. Du sable et rien.

Papa, quand il me parle de cette façon, je prends sa main et je la mets contre ma joue. Le contact est dur et doux. Je sens la chaleur de sa peau, la chaleur de ce désert, mais aussi la fraîcheur de ma peau qui est celle de nos neiges. Je les garde en moi pour les moments où il n'est pas avec nous. Nous n'avons plus besoin de paroles après ça.

ELLE entre dans la pièce du haut où je travaille. Allure d'une enfant des îles couronnée de fleurs mais qui ne sont, ces fleurs, que pétales dorés semés — déjà ! — dans le jardin par les bouleaux. Elle vient vers moi. Levant la tête, je la regarde venir.

Je constate au premier coup d'œil qu'au lieu d'avoir tressé une couronne, elle a cousu ensemble les feuilles rondes pour s'en faire une coiffe. Je ne suis pas surpris. Son amour du déguisement : chose connue de longue date. Elle sourit sous sa toque d'or et ne dit mot. Elle se tient juste là, elle sourit, fille des bois, chasseresse égarée parmi nous.

A travers les fenêtres, de connivence, la nature, la forêt se mettent à lui faire signe que non, elle s'est trompée, elle est entrée ici par mégarde. Et toute cette verdure de frissonner pour elle. Un oiseau siffle éperdument, la prévenant sans doute : « Tu es chez des gens, hors de ton élément! » Ainsi probablement parlait-il au paradis avant que les hommes ne fussent allés en corrompre l'air.

Souriante et réservée, non point intimidée, elle finit par poser sa question, assez grave, comme je vais m'en rendre compte, pour l'avoir poussée à venir chercher la réponse auprès de moi :

— Papa, c'est vrai que nous n'existerions pas avant que quelqu'un le veuille ?

Sérieuse en effet, la question.

— C'est vrai. Comment en es-tu arrivée à...

Elle ignore mes propos, toute à son idée.

— Alors j'existe parce que tu l'as voulu.

— Très fort, Lyyli Belle.

— Mais maintenant j'existe pour toujours. Même une fois morte. Tu ne pourras pas me renvoyer là d'où je viens.

— Non, et je n'en ai nullement l'intention.

— J'espère que tu n'avais pas voulu avoir un autre genre de fille, après m'avoir vue.

— Pas le moins du monde. Je n'ai voulu que toi. Pas une autre.

— De toute manière, si tu t'es trompé, c'est trop tard.

— Tu es à peu près l'unique chose dans mon existence sur laquelle je ne me sois pas trompé.

— C'est bien vrai, ce mensonge ?

— Parole d'honneur.

— C'est bien.

L'espèce de regard qu'elle fixe sur moi en prononçant ces derniers mots a l'air d'un dépôt qu'on vous confie : des plus précieux, un dépôt irremplaçable.

Sous sa coiffe de feuilles dorées, elle est déjà partie rejoindre ses sœurs, les sylphides. Mais dans la pièce traîne encore la fragrance végétale qu'elle y a introduite, et laissée.

Quand, au bout d'un long moment, elle réapparaît, ce n'est pas la petite fille des bois mais Lyyli Belle que j'ai à recevoir. Plus de casque d'or, seulement ces cheveux qui lui tombent en cascade brune dans le dos et, par-devant, sur les yeux, des yeux trop grands pour elle.

Avec son air décidé, je la vois venir. Elle va m'interpeller encore, même tenter de me mettre dans l'embarras comme elle sait le faire et n'hésite pas à le faire, si elle en trouve l'occasion.

— Mais papa, pourquoi ne danses-tu pas quand maman veut danser avec toi ?

Du diable, si je m'attendais à celle-là !

— Je te ferai remarquer, ma fille, que je suis seul avec toi, ici, et qu'il n'y a ni musique pour danser sur elle ni maman pour danser. Dansons alors tous les deux, même sans musique, ça ne fait rien. Veux-tu, tous les deux ?

Je m'arrache à ma table de travail et lui tends les bras.

Un coin de sa bouche se tord en une grimace de dédain.

— Il ne s'agit pas de ça. Tu sais très bien ce que je veux dire.

Ainsi, rien que du ton de sa voix, repousse-t-elle mes avances. La machine à laver le linge, mise en marche en bas par sa maman, émet son ronron.

Je tends l'oreille. Une maman sans aucun doute à cent lieues de penser qu'au premier étage on parle pour elle — elle qui parle si bien pour soi, sans avoir besoin de personne. Ce bruit; pas d'autres. Une première brassée de linge, vite lavée, a dû être portée dehors, au jardin, où elle sèche déjà.

— Papa, je te parle ! Pourquoi ne danses-tu pas avec maman quand elle veut danser avec toi ?

Lyyli Belle, ou ce serait mal la connaître, ne lâche jamais le morceau lorsqu'elle en tient un entre les dents. Ma réponse, une échappatoire, ne l'a guère satisfaite. Elle ne s'en contentera pas, je le sais et je n'en serais ni étonné ni fâché d'ailleurs. Et à présent, voyons un peu la suite. Grand Diable, vais-je tirer mon épingle du jeu ?

— Quelque chose dans ta religion te l'interdit ou quoi ? poursuit-elle.

Sans y paraître, l'ironie se tapit sous les mots.

Je reste digne.

— Non, ma religion dit : « Qui aime la danse vit en Dieu. »

— C'est bien, approuve-t-elle. Mais alors pourquoi...

— Parce que je ne sais pas danser, ma fille. Tout simplement.

— Je ne te crois pas. Tout le monde sait danser.

Son verdict, qu'elle m'envoie à la figure, est sans appel. S'y ajoute l'expression incrédule avec laquelle je suis dévisagé. Et si la question était autre ?

Si derrière cette question, il y en avait une autre qui attend le moment de pointer le bout de l'oreille ? Je connais ma Lyyli Belle. Elle prépare ses effets, elle amène les choses de loin.

Je n'ai cessé de surveiller sa main qui explique, parle en même temps que la bouche et, de mouvements non moins éloquents, accompagne en parfaite consonance les mots. L'interrogation cruciale cherche encore ses mots, je le pressens, et ne les trouve pas, en tout cas pas ceux qu'il faut, mais de moins bons, de moins adéquats, de moins faits pour offrir sa chance à cette interrogation en quête d'une issue. Ça tourne en rond dans la tête de Lyyli Belle.

Mais le regard brillant fait son possible pour sourire. Il se veut enjôleur. Et je n'y résiste pas, je saisis cette main au vol, la lui secoue dans un vigoureux shake-hand :

— Ça va ?

— Moi, oui. C'est toi qui ne vas pas.

Elle laisse pourtant sa main dans la mienne, une main tendre, douce, fondante.

Puis, la retirant, elle soupire :

— Non, je ne comprends pas.

— Moi non plus.

— Tu n'es pas ici pour danser, c'est bien ça ?

— Ce n'est pas ça.

— Qu'est-ce alors ?

Toujours ces questions pièges dont elle a le secret et avec lesquelles, l'œil luisant, elle a l'art de vous mettre au pied du mur ou, à tout le moins, d'essayer.

— Je n'ai pas appris à danser, dis-je. Et puis ce n'est ni l'endroit ni le moment.

D'en bas, monte un air fredonné à mi-voix. On

dirait un chant intérieur, de ceux qui accompagnent certaines pensées.

— C'est bête, mon garçon, de croire qu'ici ce n'est pas un endroit pour danser.

— Je n'ai jamais appris. J'ai peur de paraître ridicule.

— Tu sors une bêtise après l'autre. Je t'ai dit que pour danser, on n'a pas besoin de savoir comment on doit faire.

— Mes bêtises ne font de mal à personne.

— Si. A maman.

Je suis soudain pris d'angoisse à la pensée de ce qu'elle pourrait ajouter, à la pensée de l'accusation susceptible de tomber de sa bouche.

— Maman ? dis-je. Elle est en train de chanter en bas. Écoute-la.

— Parce qu'on pleure en dedans, souvent on chante.

— Voyons, Lyyli Belle !

Magnanime, elle me rassure :

— Ne t'en fais pas. Elle chante en ce moment parce qu'elle est heureuse.

Et de son air le plus futé, elle confirme :

— Je le sais.

Elle me regarde toujours dans le blanc des yeux avec, dans ses yeux à elle, ce sourire qui les fait papilloter comme des étoiles qui, pour le plaisir d'une souris, joueraient au chat. Et vient le coup de patte final, décisif :

— Tu devrais danser.

Quelque part en moi, un point sensible est touché. En elle, si je ne me trompe : aussi. Elle ne me pardonne pas.

Elle me demande :

— Peut-on forcer quelqu'un à en aimer un autre ?

La voilà, la vraie question, celle qui cherchait une issue.

— Non. Je crois que non, ma fille.

— Peut-on se forcer à aimer quelqu'un ?

— Non plus.

Elle prononce alors des paroles qui me glacent :

— Si tu en as assez de nous aimer, tu peux changer.

Le son de sa voix a vibré mat.

— C'est toi, ma fille, qui dis des bêtises en ce moment.

— Je ne tiens pas à le savoir.

Assurée, la même voix s'est pourtant enrouée à la fin de la phrase. Mais Lyyli Belle ne détourne pas les yeux : pour empêcher, je pense, qu'ils s'inondent de larmes.

Malgré ça, comme elle se tient devant moi, ses larmes fusent, roulent sur ses joues de pêche. En silence.

Le cœur dans un étau, je la conjure :

— Pourquoi, ma Lyyli Belle ?

Sans un mot, elle me tourne le dos et sort de la pièce.

Je le regarde, cet homme. Il n'est ni un homme, je veux dire n'importe lequel d'entre ceux qu'on croise dans la rue —, ni autre chose. Ni autre chose parce que, quand je le regarde, j'ai l'impression d'être sous mon propre regard. C'est ça, un papa ? Même le silence n'est pas le silence entre nous. S'il ne parle pas : dans ma tête, n'empêche, je l'entends parler. Et lui aussi doit entendre dans sa tête comme je lui parle. Parle sans arrêt.

Même une fois parti, il n'est pas absent. Je le ressuscite en lui parlant. Il est loin là-bas où il retourne toujours mais il n'est pas perdu.

Pour l'instant il est couché, aucun bruit ne sort de leur chambre à tous deux, maman et lui. Cette chambre a été aussi ma chambre. Elle ne l'est plus, maintenant je dors à la cuisine dans ce lit à l'ancienne un peu grand pour moi mais pas trop pour mes jambes qui se sont allongées et n'ont pas l'air de vouloir en rester là. Le matin, quand on en rabat le couvercle, il nous fait une jolie banquette.

Comme je suis étendue, je vois la porte qui donne directement dans leur chambre. Toute noire elle est. Et il y a l'autre au pied de mon lit, une porte qui s'ouvre sur le palier.

Mon petit lit à barreaux d'avant, le lit où autant dire je suis née, se trouvait de l'autre côté de la porte noire, casé dans le passage : un espace qui fait un peu alcôve. Mais depuis que je suis ici, il n'y est plus. Seigneur, que suis-je devenue? J'ai déjà oublié tout du temps d'avant.

C'est sûr qu'il me faut au moins cet autre lit pour mes jambes qui se sont allongées. Sans avoir besoin de me soulever, je les vois d'ici. Tellement elles se sont allongées. On n'entend pas un bruit venir de l'autre côté, ils dorment bien dans leur chambre qui n'est qu'à eux maintenant. Mais moi j'ai la forêt de ce côté. Je peux, couchée, la caresser du regard, l'écouter. Pas eux.

Je pense à cette forêt, une foule immobile, tout le temps là et en même temps comme pas là. C'est un autre monde, il ne connaît que lui-même, on dirait, et rien à part ça. Sauf en dansant, on ne peut pas y entrer. C'est ce que je fais chaque fois. On est ivre du plaisir à danser entre les arbres, ivre de la beauté de cette solitude.

Les oiseaux ne font que pépier à travers le sous-bois, sans mener le tapage qu'ils entretiennent dans les jardins. Ils lancent un cui-cui par-ci, un cui-cui par-là, en catimini, c'est tout, et ils attendent. Une réponse? Des fois elle vient. Des fois elle ne vient pas. Et ça reprend. Pour mieux écouter, je me mets sur le ventre tout en gardant la tête tournée vers la fenêtre. Pendant ce temps, les nuages voguent par-dessus les sapins et les pins, et en caressent les plumes comme s'ils avaient affaire à de gros oiseaux. Je cours en pensée entre les arbres encore imbibés de nuit, humides. Ils respirent autour de vous et c'est partout ce halètement et cette brume.

Je crois en voir d'autres se poursuivre entre les mêmes arbres, des enfants aussi. Mais je ne sais quels enfants ils sont. Pour bien leur montrer que je ne suis pas la dernière à être sur place, je continue de courir d'un arbre à l'autre.

C'est surtout à l'époque des nuits sans nuit quand la forêt vit un rêve. Comme eux, les enfants, je suis présente dans ce rêve, j'avance à petits pas sur la mousse trempée de rosée, retenant mon souffle, parce que quelque part des lèvres disent de belles choses. Ces nuits quand les images du monde s'effacent pour ne laisser paraître que des images absentes ; absentes puisqu'elles se réveillent au moment où le présent n'a plus d'avenir ni de passé, il n'y a qu'un chuchotement d'eau et d'écume qui sèche sur le sable.

Tout s'est bien passé entre eux deux, maman et papa, cette nuit. Je ne les ai pas entendus discuter sans élever le ton, mais à en perdre la voix, comme ça leur arrive certaines nuits. Parler jusqu'à ce que je m'endorme en emportant les éclats de leur parole blessée dans les oreilles, puis revienne à moi d'un coup et entende encore les mêmes mots racler le noir avec leurs griffes. Maman est pleine de reproches, lui ne se plaint jamais.

Ils doivent être l'un dans les bras de l'autre et

n'en faire qu'un. Eh bien, je suis heureuse de cette paix d'une nuit, de ce pardon qu'ils se sont accordé. Ils me l'ont accordé à moi aussi. Je ne me suis pas réveillée en pleurant pour eux, sur eux, dans l'obscurité.

Ma cuisine, mon lit dont il faut tenir l'abattant levé si on ne veut pas dormir comme dans un cercueil, j'y suis, et j'y suis bien, j'allonge à plaisir mes jambes, qui se font si longues à présent qu'elles semblent vouloir sortir par la porte et même de la maison. La tête sur l'oreiller, je n'ai plus qu'à soupirer de bonheur.

Déjà levée, déjà prête, sitôt que j'entends papa remonter de la salle de bains, je cours le voir. (Maman trouve le moyen d'être prête avant moi encore.) Et pendant qu'il s'habille, je lui demande :

— Papa, qu'est-ce que tu avais dit qu'on dit là-bas chez toi de ceux qui aiment la danse ?

— Là-bas, chez moi, on dit : qui aime la danse vit en Dieu.

— Alors toi tu ne vis pas en Dieu.

Ayant enfilé un bras dans la manche de sa chemise, il s'arrête, oublie d'enfiler l'autre bras.

— Et pourquoi, ma fille ? Explique-moi ça, si je suis à même de comprendre.

— Tu n'aimes pas danser.

— Je ne crois pas avoir jamais dit que je n'aime pas danser. Je crois avoir plutôt dit que je ne sais pas danser.

— Toi, tu arranges toujours les choses comme ça te convient. C'est pareil.

— C'est pareil ? J'arrange toujours les choses ?

— Oui, comme tu veux qu'elles soient. Parce que si on aime, on sait faire ce qu'on aime.

— Tu as peut-être raison, Lyyli Belle. Mais cela demande réflexion.

Il enfile son autre bras dans son autre manche.

— Tu ferais bien d'y réfléchir vite. Si j'ai raison ? Bien sûr. Donc tu ne vis pas en Dieu.

— Tu as peut-être encore raison.

Je lui porte ses chaussons, il se les passe aux pieds. Je le prends par la main. Je le conduis et il me conduit à la cuisine.

— Mais ça ne fait rien, dis-je.

Maman nous attend et le petit déjeuner aussi.

— Tu es sûre que ça ne fait rien ? demande-t-il.

Et en moi, je pense : bien sûr. Je me dis : tout ça n'est rien et même si c'est beaucoup, ça n'a aucune importance. Rien n'a plus beaucoup d'importance dès que je regarde les yeux de papa, ces pierres vivantes et précieuses sous le regard desquelles je me sens grandir en taille, en beauté. Calmes ils sont, calmes ils restent toujours. Pourtant ils ont quelque chose de dévorant dans leur calme. Mais ils vous sourient. Et vous pensez que rien ne pourrait vous arriver de meilleur que de recevoir le cadeau de leur sourire. Et rien de pire naturellement que d'être rejeté par eux. Tout peut disparaître alors, le monde cesser d'exister.

Oui, Lyyli Belle, vous avez peur qu'une chose pareille n'arrive. Et eux, calmes comme ils sont, tendres, éclatants, ils demeurent dans leur lumière au-dessus de vous. Et c'est comme si au cœur de la vie battait un autre cœur. Je ne sais pas comment dire ça. Près de vous et ailleurs, comme lui — lui tout le temps ailleurs et ici. Il faut vivre avec cette joie et cette tristesse, et on ne sait pas toujours comment.

— KIKKI ! Je sais que tu es là. Pourquoi tu ne te montres pas ?

Mais à moi, pourquoi il me vient aussitôt une sorte de frayeur ? Une frayeur qui ne se dit pas, n'a pas l'air même d'en être une. Non, avec moi, il faut plus que ça et je vais te le prouver, Kikki.

Je m'entends alors reprendre d'une voix posée :

— Montre-toi donc. De quoi as-tu peur ?

Comme si je parlais à ces têtes enfermées dans leurs cadres. Avec leur air de s'envoyer vite un clin d'œil dès que vous cessez de les regarder, et des fois l'air de tenir une conversation sous le manteau, des têtes qui d'un coup ne bronchent plus.

Sur la commode, les petits sujets en porcelaine, aussi. Et pareillement, tout ce qui s'aligne à la tête du grand lit sur une tablette : de drôles de gros coquillages, un lampion punique apporté par papa, une grenade desséchée comme une momie et je ne sais quoi encore, des livres empilés, une demi-lune de bronze ancien... Comme si je m'étais adressée à eux, eux qui doivent bavarder comme autant de pies lorsqu'on n'est pas ici à les écouter, mais qui s'en gardent à présent et sont là mine de rien.

Si au moins je pouvais empêcher mon cœur de claquer comme du linge au vent. Ce Kikki ! Devenir ainsi chaque jour plus vilain. Il voudrait ne pas l'être, qu'il en serait désormais incapable. Cela ne me surprendrait pas de devoir craindre de sa part, en ce moment même, le pire des tours. Parce que j'examine la pièce et ne lui trouve rien de spécial, il se figure que je n'y pense pas.

Je le sens tout près. Oh, comme je le sens ! Mais je vais continuer à faire des dessins, papa est sorti, je lui ai pris son bureau.

Puis : patatras, une étagère de livres s'écroule ! Dans le grand silence de la maison, mon cœur m'a presque quittée. C'est lui. Kikki !

Maman du rez-de-chaussée :

— Qu'est-ce, Lyyli Belle ? C'est toi qui fais tout ce bruit ?

— Ce n'est rien, maman ! Quelques livres seulement sont tombés de leur étagère. Je vais les remettre en place.

Lui dire ce qu'il en est : elle ne comprendrait pas. Pour elle, fini depuis longtemps, les histoires de Kikki : à son point de vue des histoires abracadabrantes auxquelles, tant que j'étais encore un bout de chou, elle voulait bien faire semblant de croire. Aujourd'hui, il ne faut lui en parler à aucun prix, elle jugerait que je suis folle à soigner.

Jamais elle n'a supporté Kikki ou que, par hasard, il soit question de lui. Je me rappelle. Sans l'avouer, elle en avait dirait-on une frousse terrible. Aussi, ce n'est pas le moment de revenir là-dessus.

Lui qui a sans doute le diable au corps depuis un certain temps, mais qui paraît trouver tous les chemins coupés devant lui, toutes les portes fermées. Lui malheureux, quoi qu'il fasse. Lui qui n'a que moi au monde, ne connaît que moi. Cela ne le rend assurément pas plus gentil, ne l'arrête pas, parti comme il est, de gâcher tout ce qu'il peut gâcher. Il refuse même de venir à moi si je l'appelle. Il refuse, il me snobe, ou il ne m'entend pas. Mais il n'a que moi. Peut-être veut-il simplement mourir. Je grandis, et lui, il veut peut-être mourir.

Une boule qui ne se laisse ni avaler ni cracher me monte à la gorge. Et je tremble, une feuille qui sent l'orage approcher. Ne vaut-il pas mieux mourir avec lui ? Si grande je deviens et lui rien. Seigneur, je me fais tellement l'effet de marcher sur des échasses qu'il y a des jours où j'ai le vertige. Combien de temps va-t-il tenir encore, et moi avec lui ? On ne peut pas vivre tout le temps le dos tourné au monde.

Je mourrai aussi : la seule chose à faire. Et je resterai un bon moment avant de ressusciter, de reprendre ma place dans le regard de maman, de papa.

En attendant, je suis descendue rejoindre maman.

— A quoi penses-tu, mamouchka ?

Je lui ai parlé juste comme ça, posé tranquillement la question, elle a sursauté.

— A rien ! répond-elle.

Je l'ai surprise, on aurait juré, à faire ce que personne ne doit faire. Et puis, plus calme :

— A rien, Lyyli Belle.

Elle continue de penser à rien comme je l'ai trouvée. Et moi encore avec mes questions :

— Papa, sait-il danser ?

— Oui.

C'est un oui si distrait.

— Bien danser ?

Elle laisse le jardin qu'elle contemple par la fenêtre, ou la chose dans le jardin qu'elle est seule à voir, ou une chose au-delà, elle se tourne vers moi.

— Oui, bien danser, quand il veut.

— C'est vrai, ce que tu dis là ?

— C'est vrai.

Elle est repartie à penser à rien, elle, et moi je tombe de tout mon haut dans l'étonnement.

Non, je n'arrive pas à y croire. L'autre jour, il a dit qu'il n'a jamais appris, jamais su ; pourquoi ? Il y a eu aussi le jour où maman l'a invité à danser. Elle lui tendait les bras et, lui, il s'est bien levé, il est bien allé à elle, a bien mis les mains dans les siennes. Mais quand il a fallu bouger, ça a été à pleurer : un manche à balai aurait été plus vif, plus adroit que lui.

Je ne trouve pas d'explication, je ne trouve qu'une plainte qui s'enrage et crie en moi. Je ne trouve qu'un vide. Il se fait un vide autour de nous. Nous toutes deux abandonnées. Et papa, ce merveilleux papa, qui sait si bien danser, puisqu'elle l'affirme : autour de lui aussi un vide où il prétend n'importe quoi et se donne des airs. Papa ! Je ne peux pas croire ça. Je ne veux pas le croire.

Pères et mères : des aveugles qui voient tout, excepté ce qu'il faut voir.

Il a fallu que je sorte de la maison pour respirer, je commençais à étouffer.

Sans me balancer, je reste assise sur l'escarpolette entre nos jeunes pins ; mais d'elle-même, l'escarpolette oscille. Oh, à peine.

Bougeant sans bouger, comme je suis assise, j'attends. J'aperçois Kikki. Il va d'arbre en arbre, se cache derrière l'un, se cache derrière l'autre, et il m'épie.

Je suis de bois. Je fais celle qui ne se rend compte d'aucune présence dans les parages. Et lui, de courir plus loin, de revenir sur ses pas. Le furet qui rôde jusqu'à tant qu'il mette les pieds dans le piège ne s'y prendrait pas autrement.

Alors que, pas un mouvement, je reste clouée à ma place, lui, par des manœuvres d'approche, se glisse presque dans mon dos.

Sur mon escarpolette, avec juste le petit va-et-vient de chaise à bascule, je ne tiens même pas la corde, à droite ou à gauche. Mais il verra qui surprendra l'autre, et que je ne suis pas plus bête que lui. Je le laisse venir seulement un peu plus près encore, assise comme je suis, avec juste le petit va-et-vient de chaise à bascule.

Soudain je me retourne et crie :

— Je t'ai vu, Kikki ! Bien attrapé !

Personne derrière aucun arbre, c'est comme si je n'avais parlé qu'à ces arbres, qu'à leurs bras levés au ciel. Comme si ce ciel, se trouvant en bas et moi en haut, encadrée par eux, les arbres, c'étaient uniquement eux qui m'avaient entendue alors que, têtes de perruches rapprochées, ils ne font que chuchoter de toutes leurs feuilles, et certains pérorer ouvertement, discutailler. Je ne sais pas à quoi ils me font penser.

Si grand, si étendu que soit le jardin, il paraît plus grand, plus étendu. Et puis, entraînée, je tombe à la renverse. Je m'étale si bien sur les aiguilles de pin que quelques-unes se plantent en moi.

Je ne remue pas un membre, mes yeux seuls bougent dans toutes les directions, cherchent. Je veux voir et j'ai peur de voir, peur que la chose à voir ne soit horrible. Il suffit d'un regard, et nous allons à la rencontre de toute la joie du monde ou à notre perte. Pas plus d'un regard, et la vie devient possible ou impossible à vivre. A ce moment, un petit rire malicieux fuse entre les arbres.

Ce rire. Qui a ri ? Je me remets debout. Je roule les yeux. Aussi vide, le jardin : tout vaste qu'il est. Ah, Kikki, Kikki ! Gentil, raisonnable, tu ne le seras jamais plus.

Je brosse des deux mains ma robe de ses aiguilles de pin, personne ne m'a vue tomber. Je me dirige vers la maison sans un regard autour de moi. Je ne tiens plus à rester dans ce jardin.

II

L'Infante maure

MAMAN, les bras levés, ses épingles à cheveux entre les dents, s'applique à refaire son chignon. Comme les autres matins. Comme tous les matins. Mais depuis un moment, elle ne bouge plus. Une statue qui garde la pose, se contemple dans la longue glace dorée. Une statue avec son chignon à moitié enroulé entre les mains. Se voit-elle en vrai ? On ne le dirait pas. Alors que voit-elle ? Autre chose qu'elle-même ? Elle regarde la glace et semble y voir autre chose, on ne sait pas quoi. Un autre monde. Elle se tient là devant comme si elle était tentée d'y entrer. Elle ne se doute pas que je l'observe comme elle est là, non devant un miroir, mais devant une porte à franchir. Elle ne voit rien, elle écoute l'appel de cette porte. Ce n'est pas un miroir. Elle ne s'y voit pas.

Je devine sa difficulté mais sans imaginer ce que cette difficulté pourrait être. Je comprends seulement qu'elle est en peine et j'ai pitié d'elle. Cela doit être affreux d'être devant une glace et de ne pas s'y voir. Et pire encore d'y voir autre chose.

Maman, reviens à toi pendant qu'il en est encore temps. Oh, maman ! Entends-moi, n'entends pas la chose inconnue qui accapare ton attention, qui te surveille du fond de ce miroir.

Je m'accroche à cette pensée : l'arracher à sa contemplation — à son rêve —, et qu'elle finisse de nouer son chignon. Qu'elle détourne les yeux, qu'elle les tourne plutôt vers moi. Ce ne sont pas les fantômes qui manquent. Il y en aurait trop. Tant, qu'à côté d'eux, toutes les populations du monde réunies auraient l'air d'un petit groupe d'écoliers en balade.

Éloigne-toi, maman, de cette eau morte dans laquelle, changée en statue, tu te mires et sans doute désespères de découvrir ton image.

— Lyyli Belle, finiras-tu bientôt d'être là à me regarder comme tu fais ? Si tu te voyais, les yeux te sortent de la tête. Ils tomberaient de leurs trous que tu ne t'en apercevrais pas. Trouve-toi quelque chose de plus intéressant à faire. Va.

Dieu du Ciel, mais cette voix qui vient de m'interpeller déboule de la glace, de l'inconnu, de ma peur !

— Oui, maman.

Et puis tous les fantômes qui existent sur terre et ailleurs, les voilà faisant vivement irruption et, si nombreux sont-ils à occuper l'air, qu'ils ne vous en laissent plus pour respirer.

— Oui, maman.

Invitée de la sorte à décamper, je bats en retraite.

Quoi qu'il en soit, je ne veux pas assister à ce qui pourrait se produire dans cette chambre. Ce n'est plus une chambre mais le rendez-vous de tous ces... il vaut mieux ne pas dire qui. Il en arrive toujours, en plus de ceux qui sont déjà arrivés. Mais chut. Et maman, avec l'expression qu'elle a eue quand, à demi tournée vers moi, elle m'a conseillé d'aller me trouver autre chose à faire, c'est bien simple, maman elle-même, je ne l'ai pas reconnue. Je n'aurais pas supporté longtemps de la voir ainsi. L'envie m'a presque prise de crier. Je n'ai pas crié, j'en aurais été incapable, je n'avais plus de voix. Heureusement.

Maman. Tout le temps : maman, maman, maman. Qui appelle-t-elle ainsi, moi ? Elle en est si sûre. Pas moi. Je suis peut-être sa maman mais je n'en suis pas si sûre, du moins aussi sûre qu'elle paraît être du fait que je le suis. Elle, *le sait ; moi pas trop. Sans doute un jour le saurai-je aussi, mais quand : ça, c'est une autre histoire. Une histoire qu'elle pourra se raconter et que, moi également, je pourrai me raconter. Et avec un peu de chance, ce sera, espérons-le, la même histoire. On verra bien. Que suis-je, même devant ce miroir ? Une maman ? Cela me fait rire. Quelqu'un d'autre ? Rien du tout ou à peine. Je suis ce qu'il est advenu de moi. Ce qu'on a fait de moi. Ce quelqu'un que* quelqu'un *a fait de moi. Tout juste un regard, un trou de serrure par où, au lieu d'une clé, passe un regard. Ce regard qui a subsisté de moi, ce trou de serrure. Le reste ne m'appartient plus, n'est plus moi. Avant qu'on ne m'ait quittée, je m'étais déjà quittée. On ne pourra donc plus me quitter, et encore quitter, et encore quitter, encore quitter. Sans le savoir, je le sais. Je sais tout. Depuis longtemps et avant, toujours quittée pour me laisser comme* il *m'aura faite : quelqu'un qui n'est plus moi. Qui n'est plus soi. Celle que je ne vois plus dans cette glace et qui accuse maintenant, qui ne résistera pas à ce coup, à cette dernière épreuve. Qui se fêlera, puis volera en éclats sous le choc. Ne sera plus rien.*

Tout juste survivra le genre de regard qui se met à vous scruter à travers chaque éclat ramassé, vous fixer à travers chaque fragment de miroir ou... à travers une serrure, et ce sera moi. Et au-delà, autour : rien. Quelque chose qui n'existe pas, un paysage des limites sans vent et sans pluie, ni soleil, mais dont vous ne pouvez détacher les yeux. Comme je n'ai pu me détacher de cet homme. Il a fallu à la fin qu'une interdiction tombe entre nous comme une herse de château fort. Nous n'avons plus que la possibilité de nous apercevoir de part et d'autre de cette grille à présent et pas la moindre chance de nous rejoindre. Un sceau a été apposé sur mes lèvres. Sur les siennes, je ne sais pas. Mais non sur le regard, et sur son silence, son eau, une eau, des vagues qui déferlent sans jamais revenir à leur point de départ, qui courent jusqu'à l'horizon, puis jusqu'où il n'y a plus d'horizon. Des lames qui se chevauchent elles-mêmes, se brisent contre elles-mêmes, et l'une sur l'autre s'épuisent et c'est toujours la même, celle qui murmure : moi. Perpétuellement : moi, moi, moi, sous l'œil du monde qui l'observe. Un grand œil qui par moments pleure et noie toute existence de larmes.

Ma dernière ressource : marcher. Marcher. Comme ces vagues. Mais moi les mains croisées sur ma poitrine. Marcher pour calmer en moi ce qui ne peut ni ne veut se calmer, et qui se cherche. Les vagues, que pensent-elles, pendant qu'elles marchent, où vont-elles, que cherchent-elles ? Seront-elles jamais capables de le dire ? Moi, je ferme les volets et vais, erre, me cognant aux meubles, aux portes, aux murs. Il n'est pas alors jusqu'au jardin déserté qui ne se meure autour d'une maison mourante. Oublié par la maison et même par les vents. Il n'y a que l'immobilité de l'errance et que son noir qui l'habitent et m'habitent. Rentrée, je compte les marches du rez-de-chaussée à l'étage, puis de l'étage au rez-de-chaussée. Une marche, deux marches, trois marches. Il y en a quatorze. Je recommence : une marche, deux marches, trois marches. Il y en a toujours quatorze, il n'y a rien à espérer d'autre. Peut-être que si je trouve, ne serait-ce qu'une fois, une marche de plus, ou de moins...

Et soudain je me revois dans le miroir, c'est tout moi, je vais en compagnie de collègues de l'université. Seulement viennent aussi des camarades de l'école primaire. Comment se peut-il que nous nous trouvions toutes ensemble ? C'est curieux. Chacune est habillée de blanc, jean blanc, tee-shirt blanc, alors que je porte un vieux manteau de loden poussiéreux et des bottes à talons hauts. Et ce, par un soleil éclatant.

Nous avons commencé à remonter une rue pavée de gros galets inégaux, agrémentée en plus de bosses et de creux. Les autres n'ont pas l'air d'en souffrir tandis que moi, dans mes bottes, sous ma pelisse, j'éprouve les plus grandes difficultés à suivre et même à tenir en équilibre, sans compter les sueurs dont je suis inondée.

Enfin nous arrivons en vue d'une de ces villes-jouets comme on en rencontre dans la région. De vieux érables tendent leurs branches par-dessus des chalets peints en rouge, en ocre. Je me sens décoiffée, je dois m'arrêter pour remettre de l'ordre dans mes cheveux.

A ce moment, chaussée de mocassins, nous dépasse une jeune fille en robe à fleurs bleues comme la mienne. Le soleil joue dans ses boucles un peu rousses, comme les miennes aussi, mais bien nattées. Elle va, souple, légère. Pour elle, il n'y a pas, dirait-on, de côte à gravir, ni ces grossiers pavés. Son expression, je l'ai entr'aperçue au passage : sérieuse, naturelle, paisible, mais avec quelque chose de décidé.

Elle avance aussi régulièrement que si elle se trouvait dans une procession. Pourtant elle ne regarde pas devant elle mais va les yeux baissés. Et je ne distingue plus que son dos, et ses coudes, sa nuque aussi qui rayonne de jeunesse. Doucement elle fend l'air estival à la manière d'une figure de sainte portée par les fidèles. Et tout à coup je comprends : elle c'est moi, jeune. Moi quand j'allais à ta rencontre, toi que j'aimais tant. Elle sera la première au rendez-vous et moi je n'y arriverai jamais.

Je me sens d'abord abattue mais, aussitôt après, étrangement calme. C'est comme si j'avais choisi de t'envoyer cette autre moi-même, à ma place. Comme si elle était ma messagère. Je vois de mes propres yeux cheminer mon image. Non, c'est plus qu'une image, qu'une illusion ; c'est moi. Moi, et il y a tant de choses rassemblées dans cette silhouette, tant de pensées, tant d'espoirs, tant d'amour que je n'arrive plus à en détourner mon regard. Elle montait ainsi sereinement vers le ciel où la route semblait vouloir se perdre et subitement des cloches se mirent en branle. Étourdissant, leur tintamarre provenait de tous les côtés. Je regarde mes pieds : ils sont dans des mocassins, avec des socquettes blanches. De même, j'entrevois ma nudité blanche sous le sombre manteau.

Et maintenant, il n'y a plus que de la brume.

MAMAN, maman, tu es partout présente sauf ici, dans cette cuisine qui ne nous sert pas que de cuisine : j'y dors aussi, j'y travaille. Tu es tout le temps ailleurs que là où je te vois, où tu vis, où je vis pendant que je dessine et peins. Si désespérément n'importe où. Comment pourrais-je te dessiner alors ? Là-bas, où tu es tout en étant ici, y a-t-il une petite fille qui n'est pas moi et qui veut faire ton portrait ? Ce n'est pas évident, à te voir déambuler ainsi. On ne sait quoi d'important paraît se décider là où tu es sans y être. Comme à te voir assise ensuite sur le grand banc, de l'autre côté de la table, tes bras reposant sur la toile cirée, ces beaux bras de blonde que j'aime tant, et les mains aussi dont je suis folle, des mains qui se tiennent, se serrent l'une l'autre avec une détermination muette. Muette dans un désir, une attente de quelque chose qui doit se faire, se passer, ou arriver, et le doute où tu es que cela se fasse, se passe, arrive jamais pour la bonne raison que cela s'est (peut-être) fait, s'est déjà passé. Que ce qui doit arriver est (peut-être) arrivé et qu'il n'y a plus maintenant beaucoup de chance pour rien. Quoique tu gardes espoir, restes en attente, te pressant les mains à faire blanchir les articulations. Je cesse alors de dessiner, de peindre pour m'asseoir, me blottir contre toi sur le même banc. Je t'entoure la taille du bras, pose ma tête contre ton épaule. Tout de suite, la tiédeur de ton corps me pénètre, coule en moi, une vague de douceur.

Tu me submerges de toute la vie que tu portes en toi et que tu m'as déjà donnée. C'est un plaisir que je ne connais qu'avec toi, ça me traverse pour aller plus loin que le souci, la patience qui te tourmentent. Ton corps est un bonheur. Ailleurs quelque chose d'important se décide sans doute mais moi, une partie de toi, de ta contrariété, de ta détresse, je suis ici, tu n'es pas seule ni obligée de me dire ce qui te met dans cet état. Et je prie pour que tout notre temps se passe ainsi, ne fasse toujours qu'une de nous deux, comme je suis assise à ton côté.

Mais peut-être aussi finiras-tu par me dire ce qui ne va pas. La peine que tu as à vivre et que tu ne pourras, un jour, plus supporter ou plus garder pour toi. Une peine en cet instant inapprochable et qui à chaque minute nous fait un peu plus proches, plus une, toi et moi.

Cela t'arrive souvent, c'est une situation que tu connais. Tu es souvent si épuisée par une lutte dont on ne sait jamais contre qui tu la livres, si exténuée, qu'il y a des jours où tu dois te mettre au lit et où tes cheveux de blonds qu'ils sont — les miens sont noirs comme ceux de papa — virent au gris et pendent en mèches disgracieuses.

Mais le moment où tu échapperas à cette angoisse, je le vois venir : tu hoches déjà la tête, tu en es à rire toute seule de toi-même et je sens monter en moi le même rire. Je comprends qu'il ne soit pas très gai, maman, et je saurai pourquoi, lorsque tu jugeras à propos de me l'expliquer. Je ne te pose aucune question. Je ne te demande pas dans quelle discussion tu es engagée. Ni avec qui ? Non.

Maman, te rends-tu compte ? Au lieu que ton corps s'affaisse sur ce banc, contre cette table, il se redresse. Il le fait dans une sorte de défi. Tu retrouves ton air orgueilleux. Tu affirmes ta conviction devant quelqu'un, devant papa certainement. La scène se passe en toi, c'est-à-dire ailleurs. Tes deux mains prises ensemble se séparent l'une de l'autre, se lèvent. Mais elles retombent aussitôt sur la table avec sa toile cirée. Est-ce parce que tu te demandes à quoi sert de discuter avec des fantômes ? Si c'en est trop ?

Maman à présent m'enveloppe les épaules du bras et me serre bien fort contre elle, me reçoit dans sa chaleur, sa respiration — dans plus de vie, dans toute la vie dont elle brûle. Et après, penchant la tête de mon côté, elle m'enveloppe de son magnifique regard vert qui, noyé dans sa propre lumière, continue à étinceler, à se poser sur moi du fond de cette lumière.

Elle dit et je ne sais qui parle, les yeux ou la voix :

— Si je peux te confier un secret, Lyyli Belle... Je peux ?

Je fais oui de la tête.

— Je suis inquiète, affreusement inquiète, poursuit-elle. Inquiète comme on ne peut l'imaginer.

— Mais pourquoi, maman !

— Pourquoi, pourquoi ? Dans quelques jours ce sera la Saint-Jean.

— Ce sera la Saint-Jean et tu te fais du souci pour ça ? Quand on attend cette nuit et la joie qu'elle vous apporte ? Je ne te comprends pas.

— Justement, Lyyli Belle. Quand tous s'y préparent, quand tous les feux sont prêts à s'allumer partout.

— Eh bien, elle sera superbe, cette nuit avec ses soleils qui ne se couchent pas plus que le soleil du ciel ! Tu ne crois pas ?

Maman, tout bas, si bas que je distingue à peine les mots qu'elle murmure :

— C'est par une nuit de la Saint-Jean que nous nous sommes connus, ton père et moi.

— Et juste à ce moment, il ne sera pas près de nous. C'est ce que tu veux dire ?

— Oh, si c'était la question ! Non, ce n'est pas ça. Nous aurons une Saint-Jean affreuse, cette année.

— Maman, comment peux-tu dire une chose pareille ? Il fait si beau. Ou c'est à cause de lui, parti comme il l'a fait... Papa est un nomade.

— Un nomade ?

— Oui, il l'a dit, je ne fais que répéter ses mots, sa patrie est un campement dans le désert.

— Mais ce n'est pas pour retourner dans un désert qu'il est parti, Lyyli Belle.

— Il l'a dit : dans son pays, il y a des gens sans maison sans rien qui ne cessent d'aller aussi loin que possible avec leurs bêtes et de revenir sur leurs pas, seulement pour retrouver devant eux le sable qu'ils ont laissé derrière eux.

— Je sais, je sais, mais ce n'est pas de ça que j'ai voulu parler.

— Et de quoi alors ?

— Je voulais dire qu'il fait trop beau ! Et que ça ne durera pas jusqu'à la Saint-Jean.

— Si, ça durera.

— Jamais de la vie ! C'est sans espoir.

— Tu en es aussi sûre que ça ?

— J'en suis sûre ! Ce n'est pas une chaleur normale.

Je pense à part moi : non, ce n'est pas une chaleur normale. Mais est-ce, tant que ça, une question de chaleur ou de pas chaleur ? Elle ne veut pas de cette Saint-Jean et préfère la voir tourner en eau, ou pire encore.

Je dis pourtant :

— Je ne sens rien d'anormal dans ce beau temps. Je trouve plutôt qu'elle s'annonce bien, la Saint-Jean. Par contre...

— Par contre ? m'interrompt-elle d'une pression de la main qu'elle exerce sur mon épaule comme pour me rendre plus proche d'elle et peut-être complice.

— Par contre je ne trouve guère normal que papa ne soit pas là. En ce moment où vous vous êtes rencontrés.

Maman desserre son étreinte, baisse la tête. Elle braque les yeux dans le vide avec une expression que je ne lui ai jamais vue.

— Ne parle pas de ça, Lyyli Belle ! Surtout en ce moment !

Elle n'a pas eu ce cri que je pouvais croire qu'elle allait pousser. Pourquoi ? L'a-t-elle poussé en elle ?

— Ce n'est donc pas vrai ? Cela ne t'angoisse pas tellement de penser que ce soit le jour où tu as connu celui qui allait devenir mon papa ?

Elle me prend cette fois par les épaules et doucement me secoue.

— Oh, Lyyli Belle : oui, oui, reconnaît-elle.

Oppressée par des hoquets, elle a proféré chaque mot dans un souffle.

— Cela t'angoisse comme au premier jour ?

— Comme au premier jour.

— Et que ce soit à recommencer, cela t'angoisse aussi. Ou que cela puisse recommencer.

— C'est ça. C'est bien ça. Tu en sais des choses, Lyyli Belle !

— Mais il n'est pas ici.

— Mais c'est tout comme. C'est tout le temps comme si tout pouvait recommencer.

— Parce qu'il était de là-bas, de cet autre pays, et toi de ce pays ?

— Non, Lyyli Belle, non. Parce que c'était lui. Parce que c'était celui qui est encore lui.

Maman n'est plus qu'une femme pantelante, désarmée qui s'ouvre de son tourment à une autre femme. Elle n'est que celle qui, étalant ses pauvres secrets et les inavouables pensées qui agitent son cœur, s'abandonne. Je n'ai pas eu besoin d'en entendre plus pour la comprendre, pour tout comprendre.

Soit dit à sa décharge : elle se laisse aller à ces débordements pour la première fois.

Et papa s'angoisse-t-il, là-bas où il est, de savoir la Saint-Jean à la veille d'arriver ? Une idée qui, moi, m'angoisse.

Maman reprend mais pour elle ; ce disant, elle ne se confie plus à moi, qu'elle paraît avoir oubliée :

— S'il pouvait faire un de ces temps horribles comme ça arrive des fois. Ce serait le temps qui m'irait, qui me comblerait. Je n'aurai pas besoin de répandre mes larmes, le ciel le fera pour moi.

Elle ne pense qu'avec sa peine. Je dirige mon regard vers les fenêtres et les sapins au-delà. Dehors un terrible soleil s'en prend à la forêt comme s'il avait l'intention de l'incendier. Le ciel est du bleu le plus effroyable qu'on ait jamais pu voir.

Papa, s'il était avec nous, n'aurait pas contemplé ce ciel mais maman. Il l'aurait fait avec la sorte de ravissement que vous inspire quelqu'un venu d'un autre monde pour apporter à celui-ci un bonheur qu'il ne connaît pas. Et elle se serait levée, elle, et aurait dansé pour lui.

— LYYLI Belle ! Lyyli Belle ! Où es-tu ? Encore dans ces arbres ?

Maman qui me cherche. Elle a lancé de nouveau son appel. *Encore dans ces arbres ?* Elle s'en doute bien. Elle ne me trouvera pas. Lui répondre. Je le voudrais. J'ouvre la bouche : tout de suite quelque chose m'arrête. Je ne peux pas. Je sens pourtant les impossibles paroles qui me montent aux lèvres mais ne débordent pas. Maman ne saura jamais. Et personne, jamais. Ces choses ne devraient pas se savoir. Dans les arbres, quand j'y grimpe, j'attends. Je ferme les yeux et j'attends. Je ferme les yeux et j'écoute. Ce qui doit venir, vient-il ? Quelqu'un ? Le portail du jardin claque comme quand on entre et le referme derrière soi. Quelqu'un peut-être. Mais où est-il ? Il est venu. Il est reparti. En même temps. Et pendant un moment on n'entend plus rien. Des insectes voler. Des feuilles produire leur bruit d'eau. Je n'écoute plus.

Mon arbre, c'est moi, j'ai poussé jusqu'ici haut avec mes racines.

Et je continuerai. Toujours plus haute, toujours plus grande. Aussi loin, aussi seule. Au milieu de tout un pays, dans toute une solitude, le seul arbre qui se voie. Se voie d'aussi loin qu'on le regarde. Et puis que tout cesse après lui. Tout. Que rien ne change. Je serai et je demeurerai cet arbre jusqu'à la fin, je serai morte peut-être et je serai le même arbre, toujours debout à ma place. D'aussi loin qu'on puisse voir. On ne trouvera rien d'autre. Ni d'aussi beau. Papa dit que dans plus de la moitié de son pays on peut marcher des jours sans rencontrer un arbre. Alors je serai l'arbre qu'il pourra voir d'aussi loin qu'il se sera mis en route.

— Lorsque tu en auras assez de te cacher là-haut, Lyyli Belle, nous irons toutes deux en ville.

Il m'a laissée m'en retourner ici, moi son arbre et sa petite fille. Les secrets sont restés là-bas à brûler dans la pierre. Ils y resteront tant que le monde n'aura pas fini d'être notre essuie-pieds pour retrouver sa beauté, sa fierté.

Les arbres ruissellent d'oiseaux, ébouriffés de tous leurs cris, de gerbes de questions. Pour demander quoi ? Jusqu'à quand ? Une fureur qui paraît ne pas devoir se calmer. Eux-mêmes les faisans, s'ils arrivent à sauter de terre sur une branche, s'y mettent. Ils piaillent tous en chœur, on dirait des enfants qui découvrent leurs jouets de Noël ; on en deviendrait sourd. Mais ils ne disent pas quels secrets. Croient-ils que je suis leur reine ?

Il suffit de peu de chose pour être la reine de quelqu'un. Je partage leur joie parce que je fais partie de leur peine. Ils pensent certainement que pour eux je suis ce qu'il y a de mieux.

— Vas-tu te décider à la fin et descendre de cet arbre où tu es, Lyyli Belle !

Une grande personne, qui n'a jamais été que grande, avec ses histoires de ville où il faut aller, et tout ce qu'elle dit comme si on avait toujours besoin de dire quelque chose. Ils l'ont été et ils le resteront, des grands qui n'ont été que grands. Pas de chance. Et la ville, pas de chance non plus, elle me donne la nausée. Veut-elle y aller pour quitter la fenêtre où elle se tient, le visage contre la vitre, à regarder les fantômes passer dans le jardin ? Cela dure des heures et de l'ombre commence à tomber de ses yeux. Avec son visage prisonnier dans la vitre, elle-même se change alors en fantôme aussi vrai que ceux qu'elle voit.

Qu'elle y aille, à sa ville. Et si papa du coup arrivait et qu'il n'y ait ni elle ni moi à la maison ? Un jardin vide, une maison vide, des objets qui le reconnaîtront ou ne le reconnaîtront pas. Qui va l'accueillir ? J'en mourrais, je crois. Car, pour venir, il viendra, j'en suis certaine. Je resterai où je suis.

Lui le jardin, un doigt sur la bouche, écoute. Il y aura, il n'y aura pas d'autres appels. Il souffle le chaud. Quelque chose d'absent tourne, erre de toute sa présence. Un état silencieux du jour ? J'ai bien peur qu'il n'y ait pas de réponse à cette question. Si ça tient à parler, ça saura parler tout seul, trouver les mots.

Mais le monde, c'est regrettable à dire, change de visage sans prévenir. Ce qui est devant vous se met subitement derrière, ce qui est ouvert se ferme ; blanc se fait noir, près se fait loin. Je suis au milieu de tout ça. En plus, je suis sûre d'avoir été observée pendant ce temps. Une bête tapie dans le jardin avec des yeux partout. Il y a toujours de ces bêtes disposées à vous prendre sur leur cœur. Elles vous reconnaissent même si vous ne les reconnaissez pas, et vous les laissez faire. Vous vous dites qu'elles vous étouffent par amour. Vous vous le dites et, fermant les yeux, vous cherchez refuge au fond de vous-même. Si c'était l'une d'elles ? Ce sont des histoires qui ne connaissent pas leur fin. Quand on se voit aussi dans une glace, on se demande par moments qui est là à vous regarder. Tout autant, un miroir peut vous aimer et vous montrer cette bête. Et une bête, des fois, présente le visage de tout le monde. Des histoires qui ne connaissent pas de fin, non.

Mon arbre, n'es-tu pas fatigué de me porter ? Je n'entends plus maman appeler. Donc pas besoin de descendre. Je suis encore couverte d'épines sur la peau et sous la peau avec cette histoire qui n'a pas de fin. C'est à se demander si une personne est un hérisson dont les piquants poussent en dedans. Toujours la même histoire. Oh, bête qui te serres contre moi, bête aux yeux d'ambre transparent et, au fond, d'une lumière noire à donner le vertige, bête d'amour qui n'auras jamais une larme, tu le sais : papa ne viendra plus.

Il ne viendra pas aujourd'hui. Demain. Mais je reste sur mon arbre. Immobile, où je suis, j'attends.

A des moments, on voudrait faire retourner le monde en arrière, et reprendre les choses où elles en étaient. Ou le mettre alors sens dessus dessous et voir ce qui va se passer. Ou se coucher sur ce dessus qui est maintenant dessous.

Maman est en train de s'en aller toute seule en ville. Elle repasse, les yeux levés, regarde dans les arbres, essayant de m'apercevoir de l'un à l'autre. Mais elle n'y arrive pas. Moi je la vois : comme elle se dirige vers le portail, comme avant de le refermer, elle crie une dernière fois :

— Lyyli Belle, ne veux-tu vraiment pas m'accompagner ?

Qu'elle y aille, à cette ville, mais seule. Elle y sera une lumière qui marche. Elle est blonde et moi sa fille je suis brune. Elle sera cette lumière et papa l'ombre qu'elle projettera loin, loin. Entre cette lumière et cette ombre se cachera le même secret. Tout le temps, sous son nom connu, le même secret et le silence qui doit se faire autour. Secret, près de moi tu es. Et, Lyyli Belle, son nom connu ? Est-ce possible, Seigneur ? Comment en suis-je arrivée là ?

Un secret, en haut de mon arbre, auquel je garde toute la place qui lui revient. Papa de même retrouvera la sienne justement parce que je la lui garde aussi. Papa avec qui nous sommes allés à trois, lui, moi et le secret, faire un tour là-bas, au pays des morts. Je dis bien : avec lui. Parce que, m'observant tous les jours dans la glace, c'est lui que je découvre. Je lui tiens compagnie, et je le garde en plus. Si je le perds de vue, il est perdu où qu'il soit. Le sait-il ? Peut-être. Ou peut-être non. Je garde le jardin, je garde la maison, je garde la forêt et le ciel : comme il les connaît. Il ne faudrait surtout pas que des larmes en viennent à pleuvoir dessus.

Je m'en vais chanter une petite chanson, il l'entendra peut-être de là où il est :

— *Jardin, mon jardin où mûrit l'été. Ciel, mon ciel où nagent les oiseaux. Bouleau, mon bouleau comme un cheval devant la maison. Automobile, automobile quand des fois tu passes. Fleurs, fleurs qui poussez sans bruit. Dites pourquoi la petite fille dans l'arbre chante. Si vous le savez, dites pourquoi et pourquoi.*

Il y a pourtant des moments où, passé le moment, on ne peut plus rien pour ceux qu'on aime, on aurait beau chanter, on aurait beau tout sacrifier, on aurait beau mourir. Bien sûr, même après le moment passé, les raisons ne manquent pas de continuer : et à chanter, et à tout sacrifier, et à mourir. On se révolte en silence et on sait qu'on doit le faire. Eux aussi, papa, maman, se révoltent en silence. Contre eux-mêmes parce qu'ils souffrent l'un de l'autre ?

Certains jours, maman crie, elle d'habitude si réservée. Puis suivent des jours au calme épuisant avec leur longue attente de quelque chose — probablement de la bête aux doux yeux brillants et aveugles qui avance sans se tromper vers l'un ou l'autre d'entre nous. La vie est un mal à prendre en patience.

Le jardin en larmes depuis trois jours a vu passer des trombes d'eau et la Saint-Jean en même temps. Il pleut encore cet après-midi, mais le soleil brille, les arbres ont des larmes de joie.

Maman ne s'est pas trompée : à la Saint-Jean, il a fait un temps épouvantable. Elle l'avait prédit et il pleut toujours, mais avec du soleil. Comment a-t-elle su ? Enfin, on respire, le monde respire sous cette pluie moitié eau moitié soleil. Il va refaire aussi beau sans qu'on ait à mourir de chaleur.

Maman n'en tire pas gloire, elle n'a pas l'air de s'en rendre compte, elle sait pourtant bien des choses. Elle les sait de cette connaissance qui méconnaît ce qu'elle sait. On donnerait cher pour l'avoir aussi. Mais elle est avant tout belle. Belle comme il n'est pas possible de l'être. A vous laisser sans mots pour le dire, à ravir, avec son air de jeunesse qu'elle garde depuis que je la connais. Ses yeux par exemple : en quoi des yeux verts sont-ils différents des autres ? Et pourtant ! Et sa bouche avec ses lèvres ourlées et, tout au bord, leur sourire. On ne peut pas *dire* quelqu'un et, elle, on peut encore moins la *dire*.

Pensez à cette façon d'être : elle ne rit pas, ou pas souvent. Quand il le faut, elle sourit, de loin en quelque sorte. Quel sourire alors si ça lui arrive ! Une lumière, de l'espèce qui ne se répand sur vous qu'en rêve.

Et c'est aussi la mère qui parle peu, se confie moins. Elle sourit, et vous avez l'impression que tout est dit. Peut-être l'impression parfois qu'elle met ce sourire entre elle et vous. Une ombre d'impression, qui s'interpose comme celle qui la suit et la devance partout. Mais est-ce bien maman qui la projette ? Une ombre, au contraire de l'autre, invisible quoique tout autant attachée à ses pas. Ou maman serait l'ombre de cette ombre ? Je ne sais pas. On ne sait pas. Elle ne doit pas le savoir elle-même, ni s'en douter. Une ombre espiègle en tout cas. On supporte difficilement le silence, des gens, des lieux. Avec elle, on n'a pas ce problème.

Par moments, elle peut se mettre d'un coup à trop parler. Dirait-on, pour échapper à cette ombre, pour se tenir à vous, que vous ne lui lâchiez pas la main. Et vous vous demandez si elle ne crie pas au secours ou presque, en silence. Si elle n'agite pas ses mains comme le ferait quelqu'un qui se noie ou écarte plein de toiles d'araignées autour de lui.

Rien qu'à des moments, cela ne dure jamais longtemps. Puis elle se calme, elle respire profondément. L'ombre est de nouveau là, aussi transparente qu'on le désire, elle est là, elle n'a jamais été ailleurs, elle ne s'est pas laissé écarter un seul instant. Et toujours espiègle.

Maman vit, nous vivons tous à l'ombre de cette ombre. Il faut s'y faire. Cela ne pèse que le poids d'une ombre, après tout. Alors nous portons notre part de ce poids. Nous n'irons pas faire autrement, les impatients, nous ne nous le permettrons pas. Et puis nous en avons l'habitude, cela ne nous dérange plus. Ce faisant, nous pensons à autre chose. Nous pensons à beaucoup d'autres choses.

Il y a aussi les jours où elle va d'une pièce à l'autre, d'un coin à l'autre de la maison, se promène en bas, en haut, sans arrêt. Elle cherche, va de cet air sûr qu'on a de pouvoir trouver ce qu'on cherche. Ne le trouve-t-elle pas, elle continue. Je crois bien qu'elle ne s'y prendrait pas d'une autre manière si elle devait se chercher elle-même. Puis elle cesse, elle abandonne. On sait qu'elle n'a rien trouvé, elle redevient pourtant la maman qui ne s'est jamais perdue.

Seulement, quand je m'y attends le moins, elle me demande :

— Qu'allons-nous faire, Lyyli Belle ? Dis-moi, Lyyli Belle.

— De quoi as-tu peur, maman ? Ne suis-je pas avec toi ?

— Oh oui, oui. Tu n'as jamais peur, toi. Tu ne sais pas avoir peur. Tu ne sauras jamais.

— Que faut-il savoir, pour ça, maman ?

— Ce qu'il faut retrouver, à tout prix retrouver

— Nous le retrouverons. Ne t'en fais pas.
— Tu en es sûre ?
— Oui.
— Je cherche depuis si longtemps.
— Nous le retrouverons, maman.
— Depuis si longtemps.

Elle pince les lèvres, jette un regard autour d'elle et ne pose plus de question. Elle est dans ce regard, la question.

Papa, lui, qui est reparti, s'est perdu. Il ne me reste donc que maman. Dans la maison, l'eau sans voix, tranquille tout en ne faisant qu'aller et venir et, cela même, avec des précautions. Le jardin aussi, elle le parcourt à pas étouffés, eau qui arrive sans crier gare, elle est là. S'agirait-il d'ouvrir ou de refermer une porte, elle s'y prend avec la prudence d'une personne qui se sentirait surveillée. On la regarde faire, la respiration en suspens. Nous vivons ainsi.

Je me tiens coite en ce moment et, retenant mon souffle, le crayon à dessin en l'air, j'écoute, j'attends ces bruits qui se font attendre, obscurs, des ombres de bruits, des échos entre lesquels le silence dispose de tout son temps. C'est maman qui marche comme on avance dans la nuit.

Maman toute belle, je ne me lasserai pas de le répéter, et plus belle encore quand papa est de retour, quand il nous rend visite de nouveau. Alors elle revit. Le temps que ça dure, elle refuse d'être ce fantôme qui la devance et la suit. Son sourire revit, son visage reprend feu et expression, son corps aussi. Et, toujours jeune, elle rajeunit encore un peu plus. Souple, elle redevient la tige de cette fleur épanouie qu'est sa figure. Et elle parle, elle parle. Son âme sur ses lèvres, elle raconte tout : ce qui s'est passé, et rien et tant de choses ! Chaque fois je me demande où elle va prendre tout ça, dont je n'ai pas eu connaissance, moi qui vois tout, passe mon temps à tout voir, à tout surveiller. Elle qui ne remarque jamais rien, il faut croire qu'elle voit plus de choses.

Un parfum qui ne demande qu'à se répandre : maman, c'est ça, son esprit flotte en l'air et ça embaume. Par amour probablement.

Moi aussi j'aime papa, mais je ne serai jamais capable d'embaumer de cette façon. Moi, je sais lui parler surtout quand il n'est pas avec nous. Je le fais pour qu'il reste présent pendant tout le temps où il est absent. Maman fait-elle ça ? Elle ne le dit pas.

Les perles ont leurs beaux jours, à ce qu'il paraît. Maman est une perle parfaite dans ce cas, elle rentre ses rayons quand papa retourne là-bas loin, elle ne s'éteint pas, non, son feu simplement dort, se met en veilleuse. Un feu qui, sitôt papa revenu, se réveille, sort ses rayons, triomphe dans le visage, le corps, le sourire, tout. Moi je ne suis pas ce genre de feu qui s'endort à un moment ou à un autre. Moi, tout le temps, c'est pareil : je brûle.

En vrai, les deux nous brûlons mais chacune à notre manière, maman en dedans, moi en dehors. Nous ne faisons que ça, brûler et veiller. Nous ne demandons pas davantage. Sinon, que deviendrions-nous sans veille, sans attente ?

Maman c'est la douceur dans toute sa violence finalement. La violence la rapproche de nous, sa douceur l'éloigne. Il faut la prendre comme elle est. Dans ses emportements, ce qu'il y a autour d'elle, elle le balaie, elle vous jetterait n'importe quoi à la tête bien qu'elle fasse partie de ces personnes qui ne veulent jamais perdre ce qu'elles possèdent. Parce qu'elle-même est fragile, elle s'attache au plus petit objet, elle le protège, l'entoure de soins. Mais qu'elle se trouve dans ses mauvais moments, et il ne compte plus.

Elle s'efforce de n'en rien laisser paraître, elle cherche à vous en imposer par son calme, son air d'assurance. Elle y réussit. Elle fait illusion, mais aux yeux des gens qui ne la connaissent pas. Et pardessus tout le monde, c'est elle-même qu'elle trompe. Seigneur, à quel point.

Bien sûr, elle prend sur elle, oh combien ! C'est pourquoi je l'aime tant. On la sent si faible, on a envie alors qu'elle soit forte, toute seule forte, sans qu'on soit obligé de lui venir en aide, obligé d'apaiser son âme habitée par des sortes de peurs. Elle a déjà été mise dans un de ces horribles hôpitaux où on enferme pour les soigner des personnes qui ne sont pas malades. C'était avant ma naissance. Et jusqu'à présent, elle ne semble pas en être revenue, ou elle doit le penser certains jours et elle craint qu'on l'y ramène, ou elle doit en avoir conservé un vague souvenir mais d'autant plus affreux. Elle n'a pas besoin de ça, et n'en aura jamais besoin. Gare à ceux qui toucheront à un seul de ses cheveux ! Elle a son monde à elle, il en vaut un autre, peut-être plus.

Elle est si habile, il faut voir ça. En tout. Elle chante si bien, avec une si jolie voix qu'elle ouvre en vous les portes d'un paradis quand elle s'y met. Essayez de l'accompagner, et vous vous faites l'impression d'être un crapaud brailleur. Elle dessine et peint merveilleusement. Je ne me lasse pas de contempler ses mains s'il lui arrive de coudre. D'adorables, d'actives petites fées, ces mains. Et si elle danse... Mais surtout elle est belle.

Je vais tout de suite lui raconter une histoire que papa m'a rapportée de là-bas, de son pays.

— IL faut absolument que tu écoutes ça, maman. C'est une histoire que papa m'a rapportée dernièrement de voyage. Il faut que je te la raconte. Tu m'écoutes ?

— J'écoute, Lyyli Belle. Tu peux commencer. Ce n'est pas une histoire triste, j'espère.

— Au contraire, tu verras. Je commence.

— Lève-toi, Salem, et va ouvrir !

C'est ainsi, il y a bien longtemps, au temps où existaient encore des sorciers, que l'un d'eux, doué d'un grand pouvoir, s'était adressé à un petit garçon du nom de Salem qu'il avait pris pour le servir. Très puissant, ce sorcier n'était par ailleurs rien de moins qu'un méchant vieil acariâtre. Il imposait à Salem les tâches les plus pénibles, les plus ingrates, sans égard pour son jeune âge.

Un jour, il entend quelqu'un frapper à la porte de sa

maison, et lui, comme à son habitude, il lance d'une vilaine voix :

— Lève-toi, Salem, et va ouvrir !

Le garçon a déjà eu son compte de corvées pour la journée. Il ne répond pas, ne se lève pas et donc ne va pas ouvrir.

Le sorcier répète l'ordre. Salem ne répond pas, ne se lève pas, ne va pas ouvrir.

On frappe toujours dehors. On insiste et on frappe tant et plus.

— Lève-toi, Salem, et va ouvrir ! hurle le vieux sorcier.

L'enfant assure alors qu'il n'ira pas ouvrir.

Furieux, pour punir Salem, le maître ordonne à son chien :

— Par Iblis, lève-toi et va mordre Salem !

Le chien assure alors qu'il n'ira pas mordre Salem.

De plus en plus en colère, pour punir le chien, le vieillard ordonne à son bâton :

— Par Iblis, lève-toi et va frapper le chien !

Le bâton assure alors qu'il n'ira pas frapper le chien.

Hors de lui, pour punir le bâton, le sorcier ordonne au feu :

— Par Iblis, lève-toi et va brûler le bâton !

Le feu assure alors qu'il n'ira pas brûler le bâton.

Ne se tenant plus de rage, là-dessus le maître au grand pouvoir ordonne à l'eau, pour punir le feu :

— Par Iblis, cours et va éteindre le feu !

L'eau assure alors qu'elle n'ira pas éteindre le feu.

Le maître appelle son âne et, pour punir l'eau, il lui ordonne de la boire, sans oublier son invocation à Iblis.

L'âne assure alors qu'il ne boira pas l'eau.

Ainsi Salem n'a pas ouvert la porte, le chien ne l'a pas mordu, le bâton n'a pas frappé le chien, le feu n'a pas brûlé le bâton, l'eau n'a pas éteint le feu, l'âne n'a pas bu l'eau, et le sorcier a dû aller ouvrir lui-même.

Depuis ce jour-là, Salem fut libre et a vécu heureux.

... Nous sommes allés le long de la route, nous avons trouvé un sac de perles : les grosses pour moi, les petites pour toi...

Maman :

— Quelle jolie histoire ! Et qui finit bien.

— N'est-ce pas, maman ? Je te l'ai dit.

— Je n'ai seulement pas compris pourquoi on trouve ces perles sur la route, si elles ont le moins du monde quelque chose à faire avec l'histoire. Mais c'est joli aussi.

— *Là-bas,* les contes finissent toujours comme ça, avec des perles.

— J'espère que ton papa nous en rapportera d'autres, la prochaine fois. Je veux dire, des histoires comme celle-ci, pas des perles.

— Et pourquoi pas des perles aussi ?

— Au fond, pourquoi pas des perles ? Tu as raison, Lyyli Belle.

JE reviens de l'école de musique. Quoi ? Comment ? La porte de la maison grande ouverte ? La porte de la maison tout ouverte ?

Les six marches du perron escaladées en vitesse, me voici, moi, après ces six marches, moi, qui pense : je suis devant un vide qui me tend les bras. Entrer ? Où ? Et je pense : je suis debout au bord d'un gouffre. Le monde lui-même tout autour s'est vidé de son atmosphère, de son paysage d'arbres, de forêt, de ciel, de lumière, ce qui d'habitude vous contient dans son enveloppe de perfection. Et cette habitude encore : sonner, et plus d'une fois, pour se faire ouvrir la porte par sa maman — ou son papa quand il est là, mais il n'est plus là depuis quelque temps.

Et si je sonnais ?

Et si la maison s'écroulait d'un coup ? Et tout ce qui pourrait se produire.

J'entre par cette porte trop ouverte. Je frôle au passage la glace de l'entrée. J'y surprends une tête de pie curieuse avec ses plumes noires en bataille. Ce n'est que moi. Merci à toi, miroir. Et je sens : pas une vibration dans l'air, personne. En arrêt, j'attends dans la crainte que quelque chose ne me tombe dessus, ou n'explose, ne se brise, ne crie. Que quelque chose ne fasse quelque chose d'ef... Froyable. Avec ce poids de silence, pourquoi non ?

Depuis le bas de l'escalier intérieur, je chantonne alors vers l'étage :

— Mamouchka, je suis arrivée ! Où es-tu ?

Pas même une petite réponse. Je monte une marche et je stoppe, une marche encore et je stoppe, mais en continuant à chantonner :

— Où es-tu ! Mamouchka !

Rien. Il n'y a que ma voix qui me revient de là-haut où pourtant se trouve maman, je le sais. Elle y est. Mais elle ne veut pas me répondre. Une chose va me répondre si ce n'est pas elle et je lui raconterai comme ça s'est bien passé à l'école de musique.

Oui, tout s'est bien passé. Je lance dans la cage de l'escalier :

— Oui, tout s'est bien passé. Si tu savais...

Mais qui ? Mamouchka ? La chose ? De l'une ou de l'autre, qui est à l'écoute pour l'instant ?

Je pose le pied dans la cuisine et c'est maman que je vois couchée sur la table, le visage plaqué contre la toile cirée, les bras allongés devant elle. Mes affaires jetées, je me précipite :

— Mamouchka ! Mamouchka !

Je me penche sur elle, me couche sur elle, je la secoue.

— Non, Mamouchka, non !

Tout ce qui peut arriver ! On est toujours devant quelque chose dont on ne vient pas à bout. Je pense : et ces grands, ces longs couteaux plein les tiroirs ! Je tente de la faire bouger, tourner sur le côté, pour voir. Impossible, elle est trop lourde. Mais il n'y a pas à s'inquiéter, il n'y a rien d'anormal.

Ce qui a bien pu se passer : papa a dû téléphoner et lui dire — on ne saurait dire quoi mais qui l'a mise dans cet état. C'est arrivé déjà. Ou il ne l'a, au contraire, pas appelée alors qu'elle attendait son appel. Ou il lui a écrit. Ou c'est parce qu'il ne lui a pas écrit et le facteur est déjà passé. Je la connais. Je la connais. A chaque seconde prête à mourir pour tout et, de ça, plus que du reste. La malheureuse maman !

Elle est donc tombée sur cette table où elle demeure couchée. Une chance que la table s'est trouvée là, sinon elle se serait effondrée par terre. A demi allongée sur elle, à demi à côté d'elle, j'aperçois ses yeux qui louchent terriblement en dardant un regard froid comme de la pierre.

— Passe ta main sur mon front, Lyyli Belle, dit-elle dans un brusque soupir de fantôme. Oui, comme ça, et sur la figure aussi.

Quelle douceur, ce visage de maman : j'en ai des fourmis d'électricité au bout des doigts. Un courant qui me fait trembler et fait trembler les larmes qui me picotent les yeux. Mais je les ravale. Toutes ces larmes autant qu'elles sont. Je veux les empêcher de me pleuvoir dessus. Parce qu'il ne faut pas que je m'arrête de caresser le front et la figure de Mamouchka, même avec ces picotements au bout des doigts et des yeux.

Bientôt, de sa voix ordinaire, elle dit :

— Je me sens mieux, mais continue encore un peu, Lyyli Belle.

S'aidant des coudes, elle se redresse finalement et se laisse glisser sur le banc, à sa place, le long de la table. Assise ainsi, cette fois c'est elle qui prend ma figure entre ses mains. Elle me contemple avec le sourire de qui aurait un cadeau à vous faire.

Mais ces mots lui échappent dans une plainte comme si elle demandait pardon :

— Et à l'école de musique, y as-tu été ? J'espère que tout s'est bien passé pour toi.

Oh, maman, maman, qui n'attend pas ma réponse et poursuit déjà :

— Allons nous faire du thé, Lyyli Belle. Tu verras comme nous nous en trouverons bien. Du thé vert à la menthe. Tu aimes ça.

Une attention de papa, ce thé vert et cette menthe qui ont l'odeur de son pays ; là-bas, un pays dont sans le connaître je connais à présent l'odeur. Papa qui s'en va, puis revient. Puis de nouveau s'en va. Sans se fatiguer. Je le comprends. Il doit finir par trouver à un moment ou à un autre qu'il est ce qu'il y a de plus étranger ici, dans ce pays, dans cette maison, avec nous. Une fois grande, je sens que moi aussi je me ferai étrangère.

Maman s'est levée pour aller mettre elle-même de l'eau à chauffer, sans attendre que je le fasse.

— Je sors les jolis verres, dis-je pour me rendre utile.

— Mais bien sûr, Lyyli Belle.

Une autre attention de papa, ces verres. Dorés et décorés de fleurs à petits points d'émail comme ils sont, je les adore. Les deux que je prends dans le placard, je les dispose chacun avec sa soucoupe à la place qu'occupait le corps de maman sur la table. Ensuite j'apporte la boîte de biscuits.

A tue-tête, déjà la bouilloire siffle en catastrophe comme si on allait manquer le train. Maman y va, l'enlève pour verser de son eau dans la théière, et plus de sifflet, mais dans une maison en bois de l'Extrême-Nord se répand l'odeur magnifique, orientale, de ce thé.

Assise de nouveau, bien tranquille maintenant, maman s'absorbe dans sa préparation. Fini le drame. Maman ? Elle est pareille au temps qu'il fait : un nuage, et le monde devient tout sombre ; le nuage passe-t-il : le monde redevient clair et tout rire, tout joie.

Jusqu'à cette expression de souffrance qui, après lui avoir tiré, presque effacé les traits, n'est plus qu'un souvenir.

Le verre près de ses lèvres, sur le point d'aspirer une gorgée de thé bouillant, elle dit soudain, les yeux fixés sur moi :

— Oh ces cheveux, Lyyli Belle !

— Quoi, qu'est-ce qu'ils ont, mes cheveux ?

— Si tu voyais comme ils se dressent sur ta tête !

Je passe ma main dessus. Maman sourit :

— On dirait un porc-épic.

Je fais l'idiote :

— Un porc qui pique? Où y en a-t-il des porcs qui piquent?

— Un porc-épic! Si je te coiffais un peu? Mais après le thé.

— Tu ferais bien, maman. Je me suis déjà vue dans la glace, en bas.

Le thé et les petits gâteaux, avalés, les verres avec leurs soucoupes, placés dans le bac de l'évier, je me retrouve devant un miroir au cadre d'or, dans leur chambre, à côté. Ma tête, seulement elle, émerge pour me faire face au ras d'une eau dormante, et rien d'autre. Quant à maman, je n'entrevois que ces mains, et encore!

Je me regarde pendant que ces mouettes s'affairent sur mes cheveux comme si elles y cherchaient : je saurai peut-être quoi dans une minute. Mais au bout d'une minute, je ferme les yeux et je me dis : une pomme avec une crête de plumes noires. Comment y feraient-elles leur nid? Ou si ce n'est pas une pomme, c'est une lanterne dont la flamme les observe à travers les trous. Et qui est-ce qui a le teint de ces splendides tziganes qu'on rencontre en ville au milieu d'une foule de mouettes et de pâleurs glacées — mais qui n'est pas une tzigane?

Mes yeux ne s'ouvrent que pour se voir, morceaux de nuit, étinceler avec l'air de se moquer, bien contents qu'ils sont de ne pas être des éclats de verre décolorés. A mon tour, je me moque d'eux et je dis : mais bien sûr! J'ai une tête de pie rieuse!

Je serai aussi grande que maman, et même plus grande, demain peut-être. Je lui arrive déjà au-dessus de la taille. Plus grande, plus âgée, plus forte. Pourquoi ? Comme ça. Simplement, parce que pour avancer, chacun reprend tout à zéro et recommence depuis le début. Vous devez toujours vaincre une résistance, une opposition. C'est sans doute aussi un jeu. Quand nous jouons aux cartes, papa, maman et moi, il faut bien redistribuer les cartes après chaque partie. Et la crainte, l'espoir accompagnent les mains qui les donnent. Mais maman se lasse vite de tous les jeux.

— Comme c'est gentil de rester aussi sage, Lyyli Belle, pendant que je te coiffe.

A ses mains, à elle, va mon regard. Elles me font une couronne de lumière. Une couronne qui tourne sur elle-même. Tant elle tourne que je me prends à loucher pour suivre son mouvement. Et maintenant tout tourne autour d'elle, qui ne tourne plus, ne bouge plus. Le monde est douleur et joie. On gémit de douleur, on gémit de joie, l'un ou l'autre, mais l'un vaut l'autre. Où s'enfonce l'œil quand il va plus loin que la chose qu'il regarde, où se perd-il ? On ne sait pas. Que fait le cœur pendant ce temps-là ? Il part, mais où, Seigneur, où ?...

Est-il abandonné ? Sommes-nous, tous, abandonnés ? Par qui, par quoi ? Je me noue les bras autour pour me protéger. Des petits cris poussent en moi, des cris d'oiseau tombé du nid ainsi qu'il m'arrive d'en découvrir au jardin, un de ces oiseaux nés du jour. Je suis comme lui et j'appelle au secours. C'est affreux. C'est nécessaire aussi, et beau. Un poussin qui tombe, puis s'accroche à tout parce que ça veut vivre, veut arriver à ce bout de soleil tombé du même arbre et qui remue plus loin dans l'herbe. Il est sain et sauf, et moi avec lui, et tous, tout le monde. Et l'air est une autre peau, plus lisse que la douceur, sur votre peau.

— Regarde-toi comme tu es bien coiffée à présent, Lyyli Belle. Mais regarde-toi !

UNE petite fille, c'est fait pour penser à son papa. Lui, il va, il vient. Et elle, ici elle reste pour penser à lui, penser à l'oiseau qui ne se pose jamais longtemps à la même place. Que faire? C'est déjà un bonheur de savoir qu'il existe et cette idée me remplit de bonheur. Jamais maman ne comprendra ça, qu'un papa ait toujours de bonnes raisons pour partir. C'est qu'elle l'aime contre toute raison.

Pauvre maman : parce qu'on n'aime jamais assez quelqu'un, elle s'épuise à aimer papa. Elle s'épuise, et ça ne suffit pas, il y a trop à aimer. On a tout le temps à aimer plus qu'on ne peut. Et tout le temps, entière, nous reprend la faim d'aimer.

En ce moment, elle épluche sur la table de la cuisine ses légumes, poireaux, pommes de terre, carottes, petits pois pour le repas que nous mangerons à midi. Mais elle est plus attentive à ses pensées qu'à ce que font ses mains, et font bien d'ailleurs, sans se tromper.

En même temps, de l'autre côté de la table, je nettoie les champignons que je suis allée tôt le matin ramasser dans la forêt. Je les trie par espèces, j'écarte ceux qui me paraissent douteux, et on peut me faire confiance, je m'y connais. Je hume leur odeur à la fois grave et fine ; avec eux le sous-bois entre dans la maison.

Les bons finiront, percés par une aiguille, en colliers sur une ficelle et suspendus à la cave pour y sécher.

Que deviendrions-nous sans cette forêt ? Elle prie pour nous.

Dès que papa réapparaît, nous n'avons qu'une seule idée : y entreprendre ensemble de grandes randonnées. C'est moi qui vais devant, qui le guide. Mais il faut aussi que je veille à voir s'il me suit, s'il ne reste pas à la traîne.

La dernière fois, après avoir bien marché, pénétré loin parmi les arbres, je lui ai demandé :

— Alors, comment te sens-tu maintenant ?

— Je suis presque sûr, m'a-t-il répondu, que si je rencontrais un agneau sur mon chemin, je le dévorerais tout cru. Voilà comme je me sens.

— Oh, papa !

Des moments, des paroles, des images qui reviennent ainsi, quand on les croit perdus. Tout ça revit et on n'est plus perdu comme on aurait pu le penser. Cela devient notre histoire. Après s'être faite toute seule, une histoire qui retrouve son chemin en nous, se raconte elle-même. Le temps n'y peut rien, parce qu'une histoire a son temps à elle.

Papa est une figure de bonheur même là-bas où il va, où mon cœur le voit entouré d'une lumière à quoi on le reconnaît. Comme l'objet auquel vous tenez le plus, il est là-bas, bien caché, et on dit : c'est un talisman. Vous y pensez, un coup, et vous frissonnez de tout votre corps. Vous y repensez un coup encore, et c'est pareil, vous frissonnez bien que vous pensiez : « Mais je ne sais pas où il est, cet objet. » Alors que vous le savez parfaitement.

C'est comme dans l'histoire qu'il m'a racontée lorsque j'étais encore un bébé, une fleur d'enfant. Je m'en souviens, elle s'appelait *La perle du bonheur,* ce genre d'objet y était caché. Une perle. Une histoire comme il sait les raconter, qu'il ne prend pas dans les livres mais qu'il invente pour moi, mon papa. Et quand une histoire commence, le temps s'arrête.

Cela aurait pu se passer aussi bien en vrai, ce n'étaient pas des choses toutes prêtes dans sa tête. Je le revois avec son air de se rappeler, je revois l'effort qu'il faisait pour y arriver et les expressions qui lui changeaient le visage, joyeuses ou effrayées selon le moment. L'histoire se racontait aussi sur sa figure.

Je voudrais effleurer des doigts tous les mots, tous les points sensibles des histoires que sont aussi notre vie, notre monde. Je vais, je viens, tant dans la maison que dans le jardin, je grimpe aux arbres — et je cherche ces mots, ces points sensibles. Je suppose que, comme sur un corps, il y en a un peu partout. Réussirai-je à poser le doigt dessus et à voir combien ils sont sensibles ? Je touche ici, puis là.

Moi : je suis partout le même point sensible. Partout douceur et douleur. On ne peut pas me laisser le doigt longtemps dessus. Ce serait trop de joie et trop de souffrance. Alors je tourne, me promène de-ci, de-là, essayant ailleurs, tâchant de trouver chez les autres ces points vivants qui nous font exister.

Et encore un point parmi ceux-là : si un jour papa et maman se mariaient, maman porterait-elle une robe blanche, un voile blanc ? Serais-je sa première demoiselle d'honneur ?

— Je pourrais le tuer...

Ces mots traversent l'air comme une flamme. Ils sont de maman. Ils m'ont léché les joues de leur langue de feu et mon cœur a manqué une des marches qu'il a l'habitude de monter et de descendre sans broncher.

— Mais qui ça, maman ?

Seigneur, quel nom va-t-elle prononcer ? C'est impossible, ce n'est pas ce qu'elle a voulu dire. Certainement pas.

— Mais qui, maman ?

— Quoi ?

— Qui pourrais-tu bien tuer, toi ?

— Ai-je dit ça ?

— Tu l'as dit. Je t'ai entendue le dire.

— Non ?...

— Oui, tu l'as dit, mamouchka.

Elle prend sa mine de quand un problème se pose à elle, une mine de ne pas savoir s'il faut en rire ou en pleurer.

— Lyyli Belle, ai-je vraiment voulu dire ça? Mais qui pourrais-je bien tuer?

Cette question! Ce n'est toujours pas moi qui serais capable d'y répondre. Pas elle non plus, apparemment. Une question destinée à une troisième personne absente. Je me demande *qui?* Je ne trouve pas. Je ne trouve pas, pas, pas.

Je l'examine, c'est toujours elle, qui ne s'est pas encore transformée en meurtrière, elle n'a guère changé.

— Voyons, je n'ai rien pu dire de pareil.

Elle n'a rien pu dire de pareil. Tant mieux. Excuse-moi si j'ai mal entendu.

Je continue à la regarder. Je vois, maman, que tu n'as rien dit de pareil, et ça va, tout va bien maintenant. Calmons-nous, toutes les deux, toi et moi, tu ne peux rien avoir dit de tel.

— Pour sûr, maman. Tu ne peux pas avoir dit ça.

M'a-t-elle entendue? Je n'en suis pas certaine.

— M'entends-tu, maman?

— Quoi encore?

— Tu n'as pas voulu dire ça, n'est-ce pas?

— Dire ça?

— Tuer quelqu'un.

— Ah...

— Tu ne pourrais pas.

Suit un long silence, dont en fait elle ne sort pas, quand elle finit par murmurer dans un halètement :

— Non, Lyyli Belle.

Jusqu'où irait-on avec des pensées, ou des choses, juste comme on les dit et, déjà, elles cessent d'être bonnes à dire ? Déjà elles sont invraisemblables et nous, invraisemblables, qui voulons les dire.

— Mais tu as cru m'avoir entendu dire ça, tu as pensé que j'aurais eu le courage de le faire.

— Maman, je l'ai vu à ton regard.

— Vu à mon regard ?

— Oui, maman. Je l'ai vu écrit sur ton visage.

Elle n'ajoute rien sur le moment. Puis avec le faible sourire qui lui vient quand elle est songeuse, elle laisse tomber :

— Tu es folle. Nous sommes deux folles.

Penchant la tête de côté, elle est subitement et complètement prise par un de ces rires que j'adore. Qui la font si belle.

— Tu as raison, maman, nous sommes deux folles.

J'accompagne son rire du mien tout en contournant la table pour aller m'asseoir près d'elle et mettre ma tête contre son épaule.

Les mamans et les papas : des aveugles qui voient tout autre chose quand ils en arrivent à s'aimer sauvagement. Ils voient tout autre chose et je me demande si c'est aussi merveilleux que ça au bout du compte, puisqu'on en devient aveugle. Je l'ai entendu dire.

Je ne tiens pas à connaître cet amour, moi. S'il faut tuer et en mourir. Si c'est tout ce qu'on peut faire pour ceux qu'on aime, et rien d'autre.

En es-tu là, maman ? Mais tuer qui ? Le vouloir, passe encore. Quant à pouvoir... Non, jamais je ne le croirai.

Je pose ma tête carrément sur ses genoux sans lui demander son avis et elle, pour me faire de la place, s'éloigne un peu de la table avec le banc, comme elle est assise. Son regard me fait alors une cape de lumière qui me couvre de sa tendresse irisée d'avant les mots et leur tristesse. A mon cœur, il pousse des ailes et des envies de danser. Je n'ai pas honte d'être aussi heureuse.

SEIGNEUR, je perds confiance. Peut-être même ai-je déjà perdu confiance : d'avant. Quand ça, d'avant?... D'avant ça! Et il ne me reste plus qu'à mourir. Peut-être même suis-je déjà morte. S'il y a des personnes qui, sans être mortes, ne vivent plus, ont tout oublié, ont oublié la souffrance et d'appeler au secours, alors je suis morte. Des personnes qui, comme moi, ne font que continuer à être comme elles sont et à faire comme elles ont toujours fait.

Même mort, on pourrait avoir des pensées très laides. Du genre de celles que j'ai en ce moment : se dire, toute vivante, qu'on est morte. Et à ce moment, il n'est pas nécessaire que quelqu'un les connaisse, on devient soi-même les autres, les gens à qui on offre le spectacle de ses pensées et de sa honte. Abandonnant toute fierté, on tord ses mains, on grince des dents, on baisse la tête, devant qui? Son propre moi.

Mieux vaut s'y prendre comme la princesse dont papa m'a conté l'histoire. Cette princesse trouvait chaque soir un récit à faire au roi, son mari d'une nuit, pour ne pas mourir. Et le lendemain matin elle n'était pas morte. Elle aurait dû être morte, elle ne l'était pas, et ainsi de nuit en nuit. Elle ne mourait pas car elle racontait ses histoires à un roi qui voulait toujours connaître la suite et disait : on verra ça demain. Arrivait le matin de ce lendemain, et le roi disait une fois de plus : on verra ça demain. Toujours pour la même raison, l'histoire n'était pas finie.

Voilà ce qu'il faudrait que je fasse, moi aussi : raconter des histoires pour ne pas être morte, pour ne pas avoir besoin de mourir. Tout le monde devrait y penser, la vie veut qu'on prenne la route du bonheur. De marcher simplement sur cette route est déjà un bonheur.

Mais où est le roi à qui les raconter? Vous n'en avez pas chaque soir un à portée de la main. Moi, le mien est tout trouvé : c'est mon papa. Il m'entendra de là-bas où il est allé. Et je commence, j'ai déjà commencé : il y est allé pour revenir bien en vie. Parce que invariablement arrive un moment, quand il est ici, où on le voit près de mourir. Et c'est le moment où je risque le plus de le perdre. Pourtant, s'il y avait un paradis, ce serait ce moment-là. Alors il part. Quand vous y êtes, vous ne savez pas forcément que c'est le paradis. Il faut qu'on vous en chasse. Je serais tentée de croire que le paradis à deux, ça ne marche pas. Qu'on devrait s'y trouver ou seul ou avec tout le monde.

Si on parle au cœur de quelqu'un, je doute qu'il ne vous entende pas tout loin qu'il soit. Aussi je ne doute guère que mon papa m'entende. Lui dirai-je que leur chambre, à lui et à maman, comme ensorcelée, et les objets dedans ensorcelés eux-mêmes, l'attendent? Non, je ne l'empoisonnerai pas avec ces petits riens.

Je vais seulement m'attarder un peu dans cette chambre en présence de l'attente qu'on y perçoit. En suspens, son odeur y flotte. Et tous la respirent en montant la garde pour la protéger : les murs, les tapis, les meubles, les livres. Comme eux, j'attends sans peine ni larmes. Comme eux, je monte la garde. Cela ne plaît pas beaucoup à maman, que je m'installe ici. Elle est assise dans la cuisine avec une autre femme et chacune raconte ses histoires à l'autre. Le font-elles pour ne pas mourir non plus?

Maman, c'est certain, ignore que je suis revenue en cachette. Seule dans la chambre, je me fais donc oublier. Dès que, ayant tourné le dos, papa s'absente, quelque chose ici ne manque jamais de s'endormir. Quelque chose qui se réveille uniquement quand j'arrive moi, et qu'eux, les objets, ceux qui lui appartiennent et les autres, commencent, de leur place, avec leur exigence habituelle, à m'interroger, à me demander s'ils ont été abandonnés. Une fois de plus, c'est ce qu'ils veulent tous savoir.

— Non, leur dis-je, un doigt sur la bouche, vous n'êtes pas abandonnés. Il reviendra. Et moi, croyez-vous qu'il m'ait abandonnée? Pas du tout. Il est allé là-bas seulement pour revenir plus vivant et partager cette vie avec nous. Nous qu'il retrouvera tels qu'il nous a laissés. Tels que s'il ne nous avait pas quittés un instant. Chuuut.

Rassurés ainsi, ils ne disent plus rien et, cela qui dormait avant se rendort. Je leur tiens compagnie à tous pendant un moment. Eux qui, sans vouloir montrer leur anxiété, usent de patience, et moi, nous sommes semblables et habitués, à force. Mais des fois attendre, c'est aussi pleurer sans bruit.

Pour ceux d'entre eux qui ont désappris le sommeil, je me mets alors, imitant la princesse dans ses nuits, à y aller de mon histoire. La même, qu'ils ont entendue déjà, mais c'est ce qu'ils préfèrent. Parce qu'on ne peut répéter que les belles histoires, des visiteuses qu'on a plaisir à revoir, pour connues qu'elles soient. Et elles, après avoir passé une petite heure avec vous, s'en vont contentes d'avoir été bien reçues.

Ainsi, ne faisant pas languir mon auditoire, je poursuis.

Je dis : le pays de papa, si vous y êtes, c'est un désert. Du sable, et du sable. Imaginer autant de sable, personne n'y parviendrait. Je ne parle pas de compter les grains, vous n'en verriez jamais la fin. Dans ce cas, on ferait mieux de compter les étoiles du ciel. Jamais autant de sable, il y en a jusqu'où vous pourriez compter et marcher. Et on n'a pas besoin de savoir comment s'y retrouver : dans un désert, on est partout au milieu, dit papa. Moi, je suis plantée justement au milieu, ce milieu qui se trouve partout. On y voyage aussi sans bouger parce que vous êtes toujours là où il vous plaît d'être. Et partout au milieu. Papa l'a assez répété.

Et comme c'est son pays, on peut le croire. C'est son pays : et moi donc, personne ne m'empêchera de dire qu'il est le mien, quand bien même j'ai un autre pays, un pays plus plein de neige que d'autre chose. Où on ne sent que l'odeur des sapins et du froid. Mais où, comme là-bas, on est partout au milieu. Notre sable, nous, c'est la neige. Ainsi, je connais la neige et le sable. Et quelque part, ils sont frère et sœur.

Pour l'instant, je suis au milieu de cette neige de sable toute chaude. Même brûlante. Moi, venant de mon pays, j'aime qu'elle le soit, là, au milieu, où il est possible d'attraper le soleil à la main en attendant je ne sais pas quoi. Ce qui va se produire. Parce qu'il se produira quelque chose, j'en suis sûre.

Et ça se produit ! Je n'ai eu qu'à fixer mon regard sur l'horizon, et je me suis vue emportée plus loin, sans arrêt plus loin. Pour aboutir où dans tout ce désert ? Devant une tente de bédouin. Soutenu par des piquets, c'est un toit rond de toile brune, rude comme une peau de chèvre, sans murs qui descendent jusqu'au sol.

Près de l'ouverture, barbe blanche, turban blanc, et sur lui tout le reste blanc : un cheikh n'est assis là, me semble-t-il, que pour moi. Comme il est assis, jambes croisées, en blanc, je sais que je suis arrivée pour le reconnaître, moi debout en robe non moins blanche.

Je n'ai jamais eu de grand-père à moi. Celui-ci, au premier coup d'œil, je devine qu'il est le père de mon père et ne saurait rien être d'autre que mon grand-père. Il me va. Si proche je me sens de lui que, sans chercher à m'en assurer, je lance :

— Salut, grand-père.

Il ne s'étonne ni de voir surgir cette petite fille en face de lui ni d'être salué par elle de la sorte. Il ne paraît pas davantage surpris de s'entendre appeler grand-père. Et pourquoi l'aurait-il été s'il est mon grand-père ?

Il m'observe d'un œil à la fois aigu et distant et cela dure et, de tout ce temps, pas un son, pas un mot. Même sous sa barbe, on se rend compte qu'il a un visage creusé par le silence.

Et puis, comme s'il se trouvait encore plus loin qu'il n'est, il se décide :

— Le salut soit sur vous.

Sur *nous ?* Ne voit-il pas que je suis venue toute seule ?

— Je suis moi seule, grand-père.

— Tu n'es pas seule. Tu as un ange placé à ta droite, un ange à ta gauche. Jamais personne n'est seul.

Je me dis : ça commence bien, si ça commence par des anges qui m'entourent. Du diable si je m'en suis aperçue jusqu'à présent ! Mais à partir de cette minute, anges si discrets, je n'oublierai plus que vous êtes à mes côtés.

C'est mon tour de parole.

— Grand-père, dis-je, tu ne nous connaissais pas, moi et mes anges. Nous arrivons du pays de la neige et aujourd'hui tu vas nous connaître. Sans doute même voudras-tu nous reconnaître. Et d'abord, pourquoi tout ce sable autour de toi ?

Il ne s'empresse pas plus de répondre qu'avant. A-t-il au moins compris ma question ? Je dirais, oui. Il se trouve seulement que mes paroles ont eu l'air d'être tombées dans un puits, et c'est son œil luisant et voilé, le puits où elles ont disparu.

Regard et visage insondables, il est peut-être plongé dans un entretien éternel avec ses anges. Un bédouin est économe de ses paroles, de sa respiration, de ses gestes : de tout, sauf de son temps, a dit papa. Mon grand-père, qui semble écouter d'autres voix, prend son temps. Papa l'a bien dit : un bédouin sait attendre. Ils doivent avoir de bonnes raisons pour faire comme ils font. Qu'est-ce qu'ils y perdent ?

En même temps que tout son temps, ce beau cheikh à la barbe blanche prend son café. Ai-je déjà remarqué cela ? Et le vent frise et défrise le sable sans cesser d'arracher à l'aveuglante pureté du désert moins une chanson, ou une plainte, qu'un récit fait avec les mêmes mots redits, les seuls connus de lui.

Dans le plateau placé devant lui, grand-père repose à peine touchée la tasse qu'il a gravement portée à ses lèvres.

— Qu'est-ce que la neige ?

— Qu'est-ce que la neige ?

— Réponds à ma question. Je te dirai après pourquoi tout ce sable m'entoure.

CETTE question ! Comment : qu'est-ce que la neige ? Je tombe de mon haut comme si j'étais un arbre de notre jardin, d'aussi haut. Je ne trouve pas quoi lui répondre. Je me risque seulement à lui faire remarquer :

— La connaissance de cette chose n'est pas quelque chose qu'on puisse dire.

Et lui, aussitôt, il me fait :

— La connaissance du sable ne peut se dire non plus.

— La neige produit le silence.

— Le sable aussi produit le silence.

Alors, voulant à tout prix qu'il sache ce que c'est, j'ajoute :

— En même temps, elle vous force à la regarder et à garder le silence.

— De même, le sable. Il force l'homme, le ciel et la terre à le regarder et à garder le silence.

Comment vais-je m'en tirer et lui dire ça : la neige, une chose pourtant si simple. Je cherche. Je m'aperçois qu'évidemment j'ai commencé par la fin.

— C'est lumineux, c'est doux et ça fond entre les doigts.

Il ramasse une poignée de sable, qui s'écoule en petits filets de sa main.

— Comme ça ? Il est lumineux, doux.

— Non, pas comme ça. Mais presque.

— Comment ?

— C'est très froid et ça peut être chaud comme de la plume.

— Le sable de jour est une plume chaude, le sable de nuit une plume froide. Les discours au sujet d'une chose ne sont pas la chose.

— Et lorsqu'on dit *neige, sable,* que fait-on ?

— On dit des mots. Les mots disent ce qu'on veut.

— Et comment dire une chose ?

— La chose ne se dit pas.

Cette fois, je trouve la bonne question et je la pose :

— Et leurs noms à toutes ? Elles ont bien un nom ?

— Aucune n'a dit son nom, même si elle en a un.

Ma pauvre belle neige, je me demande de quelle manière te décrire pour te faire toucher du doigt par un grand-père qui n'attend que ça. Je me casse la tête à réfléchir et je ne trouve toujours pas.

Plus pour la consoler et me consoler moi-même, je dis :

— La neige est pure.

Et lui, le cheikh reprend en écho :

— Pur, le sable rend également le monde pur. Tu sais maintenant pourquoi je m'entoure de tant de sable.

Il ne me reste que cette constatation à faire :

— Le monde est muet, c'est ça ?

— Il n'y a que nous qui parlons, et parlons pour les choses.

Je pense en moi-même : dans ce cas, le monde est comme ces enfants sans parole, qui s'en passent et vivent très bien ainsi. Ils ressemblent aux choses. Pourquoi pas, s'ils en ont envie ?

Une idée qu'il m'est impossible de supporter malgré tout.

— Le monde est plein de choses et d'images, dis-je, c'est sa façon à lui de parler.

— Pourquoi es-tu venue jusqu'ici pour apprendre ce que tu savais déjà ?

Je veux lui dire que non je ne le savais pas jusqu'à cette minute, lui dire que non je ne me trouve pas depuis à peine quelques minutes ou des années devant lui, mais depuis toujours. Y arriverais-je ? Oui, si je ne le soupçonnais pas d'avoir compris cela bien avant moi.

Et, ce que je dis pour finir :

— Tu m'as bien vue, tu m'as regardée et je n'ai pas eu peur que tu ne me reconnaisses point.

Ses yeux se rétrécissent dans un sourire qui en fait deux traits de lumière. Silencieux, le sourire des yeux comme celui des lèvres qui montrent, elles, un fil parfait de dents.

Il donne son avis assez haut pour que j'en prenne note :

— Nous attendrons deux jours. Après, nous saurons à quoi nous en tenir.

Je ne crains pas d'être observée comme je crois qu'il m'observe. L'éclat lointain de ses yeux paraît venir de plus loin encore pour chercher quelque chose en moi.

Je l'examine aussi en essayant de découvrir la même chose en lui.

Deux jours ? a-t-il dit. Eh bien, soit.

Je reviens me présenter à lui après deux jours. Il m'accueille avec ces paroles :

— Tout reste à faire.

— Faire quoi ? dis-je.

— Tout.

D'un signe de la tête, il m'indique une dune un peu plus haute que ses sœurs, mais pas moins ronde, pas moins soyeuse.

— Tu iras te plonger dans son sable.

Voyant mon étonnement, il consent à ajouter :

— Notre neige. Tu y prendras ton premier bain.

J'y vais. Je nage dans le sable, je m'inonde de sable.

Je reviens. Il me reçoit avec le même sourire arrêté entre des paupières qui ne sont ouvertes que d'une épaisseur de lame sur leur lumière. Les lèvres, elles, s'écartent davantage pour révéler un peu de la blancheur des dents.

Pas un mot, il verse du café dans une première tasse, puis dans une deuxième. Il m'en tend une.

— Je ne bois pas de café, dis-je.

Je ne le laisse pas remettre cette tasse sur le plateau sans expliquer :

— Du lait, oui. De l'eau, oui. Du café, non.

Sa main, encore en l'air, avec la tasse, il hoche la tête, murmure des paroles incompréhensibles :

— *Ils posséderont des jardins où coulent des ruisseaux.*

Mais il retrouve sa voix :

— Oui, de l'eau, du lait.

Il repose la tasse dans le plateau, allonge le bras vers une coupe.

— Et des dattes ? dit-il, tout en m'en offrant deux, prises dans la coupe.

— J'ignore ce que c'est. Je vais pourtant les manger.

Il a une légère inclinaison de la tête vers moi.

— Honoré.

Je m'installe en face de lui, croise les jambes aussi. Je mets une datte dans ma bouche. La première nourriture que je prends chez mon grand-père. C'est si nouveau, on dirait de l'or qui fond sur la langue et se fait miel.

— Je ne saurais simplement dire...

— Alors ne dis rien.

— ... ce que c'est.

A ce moment il pointe son regard sur le sable, qu'il frappe du plat de la main avec une vivacité dont je ne l'aurais pas cru capable. Une manière d'exprimer sa joie, sans doute. Que je suis stupide ! Il vient de s'emparer d'une bestiole, un petit monstre, avec son bec, sans parler de la queue qui se tortille follement dans le poing noueux.

Je me récrie en reculant :

— Oh, non !

Puis, sans être plus en confiance, je m'inquiète :

— Qu'est-ce que c'est ?

Jamais vu encore des comme ça, la peau incrustée de turquoises et, tout en tenant dans une main, un air si féroce. Une bête pourtant touchante par cette peur qui lui fait battre la queue et les paupières. Pauvre monstre !

— Sais-tu ce que j'ai là ? demande grand-père en regardant son poing.

Je secoue ma tête avec ses mèches.

— Non.

— Mon fidèle compagnon. Tu vas le prendre.

— Moi, le prendre !

Je me contracte, je me hérisse, je recule. Mais une voix me chuchote : « Il le faut, Lyyli Belle. » Et je fais :

— Oui.

— Il sait tout du désert. Quand il t'aura dit ce qu'il sait, tu le laisseras partir. Va, retourne dans les dunes.

Les mêmes dunes, il me les montre encore du poing fermé sur la bête. Je marmonne un oui étouffé et reçois, plus morte que vive, le monstre écailleux dans la gorge duquel le cœur semble cogner plus fort que le mien. Ses yeux ont l'air de distiller des larmes. Et soudain il me fait plus pitié que peur. Il reste bien tranquille dans ma main comme si du coup il se sentait en sécurité.

Je vais à l'écart de la tente m'installer sur le sable qui est, avec le ciel, la seule chose existante ici. Des dunes aussi roses que le ciel est bleu, aussi loin qu'on regarde autour de soi, et rien. Certaines façons d'être de la lumière recouvrent parfois le désert d'une blancheur de neige.

Je me pose une tonne de questions, à propos de ce pauvre animal, quoi en faire, et de moi dans tout ça, moi qui suis à penser là au milieu d'un désert et au bout des choses mais ayant trouvé à ce bout le père de mon père, un cheikh qui m'offre comme présent un lézard ou un basilic, peu importe, et n'a que cela sur quoi compter, et après on ne sait trop. J'éprouve des frissons à me sentir mal, par instants, quand il fait si chaud ! Que saurait m'apprendre ce malheureux monstre ? Me parler, mais comment le pourrait-il ?

Sur ma dune, réfléchissant, regardant rêver le sable répandu jusqu'à l'horizon et le ciel qui en sort d'un jet pour s'étendre au-dessus, et cela seul vous prend au cœur, ce commencement qui n'a pas de fin. Un vide mangeur d'œil. Sa lumière se déguise quelquefois en personnage. Il sort, celui-ci, par une porte dérobée de l'air et, prompt, éblouissant, passe et vous attaque, mais vous n'en savez rien, ne sentez rien, puis il va se faufiler par une autre porte et rentrer, se dissoudre.

Mais supposons que cette bête parle, que pourra-t-elle bien me dire et quel profit en aurai-je ? Je la tiens toujours à la main et toujours avec assez de répulsion, en prenant garde à moi et aussi à ne pas l'étouffer. Elle n'a pas prononcé un mot depuis le début. Elle a bougé la queue et encore pas trop. Si elle dort, si elle répand des larmes, c'est tout ce qu'elle sait faire. Elle doit parler en dedans et pour son usage personnel.

Je sais : les bêtes parlent autrement et si on s'intéresse à ce qu'elles disent, il faut les laisser faire et attendre. Je vais déposer celle-ci sur le sable, qu'elle aille où bon lui semble, et on verra.

Sitôt décidé sitôt accompli. Elle paraît d'abord surprise de se sentir libre de ses mouvements. Elle se dégourdit peu à peu, comme morceau par morceau. Sur place. Puis elle rampe, elle avance, se promène d'un côté et d'autre, sans aller bien loin, mise en confiance ou non, on ne peut pas dire encore. Elle continue de la sorte et, la seconde d'après, pfuit ! disparue, je ne la vois plus. Elle s'est enfoncée, a fondu dans le sable, n'oubliant que les marques inscrites par ses griffes, des marques aussi nettement gravées que sur du marbre. Ainsi ce désert avec tout son sable était sa page blanche et elle y a déposé son écriture. Est-ce là sa manière de parler ?

Mais alors qu'a-t-elle écrit ? Je contemple attentivement ces gribouillis, je les étudie. Je n'en tire qu'un mal de tête. Pas la moindre indication, ils ne me parlent pas. Têtue comme je suis, je demeure encore un moment à vouloir les déchiffrer.

Rien de rien, je n'en suis pas plus avancée.

J'abandonne la partie, ça suffit. Je retourne auprès de mon grand-père, je vais lui apprendre ce qui s'est passé. Cela se résume à pas grand-chose. Pas de parole, pas de réponse à aucune question. Mais à présent, je vais lui demander de s'expliquer.

Tel je l'ai quitté, tel je le retrouve : assis à

l'entrée de sa tente, les jambes croisées, le sourire filtrant entre ses yeux effilés et illuminant sa barbe blanche. S'attendait-il à me voir revenir de sitôt ? A bien y voir, je n'en sais rien et je ne me risquerai pas à le dire. Oui et non. Et si pareille chose était possible, je dirais les deux.

Sans m'embarrasser de vaines paroles, je lui raconte ce qui est arrivé à son compagnon le basilic, si c'est bien son nom, et comment il n'a songé qu'à tracer des petits picots dans le sable avec ses pattes, ne daignant ni ouvrir la bouche ni me faire la charité d'une révélation.

— Il s'est surtout arrangé pour s'esquiver avant que je n'aie eu le temps de m'en rendre compte, dis-je pour finir.

— Les *atlals !* s'exclame alors le vieux monsieur, la gorge serrée par l'émotion, ce qui de sa part me laisse tout ahurie.

— Les quoi ?

— Retourne là où tu as déposé la bête et lis ce qu'elle a écrit. Des *atlals,* à n'en pas douter. Va, fillette.

Je cours vers l'endroit où je pense retrouver la fausse écriture du basilic. Elle n'y est plus ! Le sable est redevenu la page blanche, nette, qu'il a été et sera à jamais, le vent, ce vent qui ne reprend haleine à aucun moment, l'a soufflée et, si faible qu'il soit, l'a effacée. Trop tard.

Contre tout espoir, toute raison, je poursuis mes recherches. Peine perdue. Je savais d'ailleurs au fond de moi que c'en était fait.

Revenue à la tente, je m'arrête sur le seuil, j'annonce :

— Trop tard. Le vent est passé dessus.

Mais point de grand-père. Le beau cheikh tout en blanc n'est pas sous sa tente, il n'est nulle part. Aucune trace de sa présence aussi loin que s'étende le désert.

Alors je prends sa place.

MAMAN prétend que je suis une somnambule.

— Et d'abord c'est quoi, une somnambule ?

— C'est, eh bien... une personne qui marche au bord d'un toit tout en dormant et en ayant l'air d'aller sur une grande route.

— Mais maman, ça doit être terriblement impressionnant de voir cela. Non ?

— Terriblement. On est tout simplement pris d'une sorte d'épouvante. On a envie de porter secours à la personne et au même moment on a peur de la voir tomber du toit.

— Et ça, c'est moi ?

— Oui. Tu ne vois pas les choses, tu vois à travers les choses. En croyant les voir.

— Suis-je déjà montée sur notre maison pour y marcher en dormant ?

— Oh tais-toi, Lyyli Belle. Je voudrais ne pas avoir dit des choses pareilles.

— Mais tu les as dites.

— Je les ai dites, mais je n'aimerais pas te les entendre répéter.

— Moi, j'aimerais que ça m'arrive. Au moins une fois ! N'importe qui, je pense, aimerait que ça lui arrive au moins une fois.

— Tais-toi, tais-toi donc.

Pendant que sa voix dit la terreur, ses yeux sourient.

— Sais-tu, maman, ce que c'est que de se trouver devant une porte fermée, peut-être sur rien, peut-être aussi sur quelque chose dont on n'a aucune idée, une chose monstrueuse à force d'être inimaginable, et que dévoré de curiosité on pose la main sur la poignée en se demandant *j'ouvre ou je n'ouvre pas ?* et tu grelottes de peur, tu essayes de deviner ce qui guette, se tient, attend derrière, tu crains même qu'elle ne s'ouvre toute seule et révèle la chose insoutenable pour les yeux comme pour la pensée, et dure et froide, tu restes sur place sans oser tourner la poignée mais sans enlever la main de cette poignée et reculer, tu penses alors avoir cessé de vivre, tout est en flammes autour de toi, le monde brûle, les hommes, les femmes, les enfants de ce monde ne sont plus que des torches. Non, je ne vois pas, je ne voyage pas à travers les choses. Plutôt, je bute contre chacune d'elles comme contre cette porte, et j'attends... Comme contre cette porte.

— Je ne te comprends pas, Lyyli Belle. Pourquoi prends-tu plaisir à me faire peur ?

Et ses yeux sourient de ce sourire qu'elle a

toujours l'air d'adresser, quand nous ne sommes que deux, à une troisième personne invisible. L'adresser comme un appel à cette tierce personne, parce que pour elle il ne faut jamais parler de *ça*. Mais avec elle, on est vite au bout de la parole. On est vite loin, ailleurs, dans une vie libre de souvenirs bons ou mauvais, îles, archipels allant au fil de l'eau. Ou, comme dans cet espace que je connais à présent où vite aussi on se trouve au bout du silence, espace léger mais, en ses lointains, lourd d'un poids insoupçonné, tout enrobé dans une transparence irrévocable et prenant des tonalités proches sans être plus proche, cet espace, oui, de sable, oui, où j'ai rencontré mon grand-père, un beau cheikh, où de nouveau je suis, où je vais et je viens. Je suis là-bas, de retour, même si je suis ici.

Il y a toujours ce moment qui revient, le moment où on n'est pas encore perdu, qui se répète, et on est encore moins perdu qu'on ne l'a jamais été. Ah, père, père... C'est là notre histoire à tous deux, et ce sera toujours notre histoire.

Je ne t'y ai pas rencontré. C'est ton pays et ça le restera, mais je ne t'y ai pas rencontré. Pas toi, j'ai rencontré ton père, mon grand-père, lui bien de là-bas, habillé tout de linge blanc. Vous ne vous ressemblez pas beaucoup, le père et le fils. Le regard de ton père est une lumière d'astre qui filtre à travers des paupières à peine fendues. Aussi quand ses yeux vous fixent, c'est une étoile qui vous fixe et semble vous sourire alors qu'elle n'en fait peut-être rien. La même lueur bleue passe entre ses lèvres avec les quelques mots qu'il lui arrive de prononcer par accident.

Il n'a jamais dit qu'il m'aime. Son double sourire, des yeux et des lèvres, l'aura dit assez. Toujours avare de mots. Toi aussi, papa, tu es avare de mots, mais d'une autre façon, à la façon de ceux qui ne parlent qu'avec des mots justes et avec juste le nombre de mots qu'il faut.

Image inaltérable dans le désert : assis à l'entrée de sa tente, en silence, grand-père a levé sa main tannée, puis montré simplement l'immensité du sable. Et ce que j'ai compris alors : le sourire d'étoile me priait de bien considérer le monde quand il se fait désert et d'en avoir pitié. Malgré sa grandeur de désert, d'en avoir pitié.

Lui, il gardait ces sables, assis au milieu, ce milieu qui se trouve partout. Comme moi je garde ici les arbres et les fleurs, les prés et les lacs, l'odeur grave des feuilles tombées à l'automne. Et la neige. La neige qui n'admet pas plus de limites que le sable du désert. Toutes les choses comme elles sont et veulent être : dans leur destin unique, inépuisable.

Mon grand-père connaît le jour de sa mort et, me semble-t-il, je connais aussi le jour de la mienne. Papa entre nous, mon papa qui est mon père et son enfant à égale distance, mais avec la même voix parlant dans le sang, la même descendant et remontant de l'un à l'autre de nous trois, que l'un (mon grand-père) soit assis dans un désert et l'autre (moi) au milieu des forêts, et papa entre nous. A la porte de notre maison, cette forêt comme en effet nous y sommes installées, maman et moi, par cet après-midi tranquille et beau avec ses lumières et ses ombres qui se balancent, nous entourent et nous caressent à travers les arbres. Un instant qui me paraît bien indiqué pour demander à maman :

— Connais-tu, toi, le jour de ta mort ? Moi, oui.

Elle a eu d'abord comme un hoquet. De ceux qui vous saisissent lorsqu'on vous jette un seau d'eau à la figure.

— Oh, Lyyli Belle, tu me rendras folle avec tes espèces de questions impossibles !

Puis, de cette voix de noyée qui n'a pas encore repris son souffle, elle ajoute :

— Ma pauvre fille.

— Pourquoi ta pauvre fille ? Si on sait justement ce qui se cache derrière les choses, si on sait ce qu'il en est de tout.

Je lui tire la langue. Elle me serre dans ses bras, fourre mon visage dans son sein, son odeur. Ce qu'elle ne fait pas souvent : elle a sans doute peur pour moi en cette minute, ou elle est prise de commisération. Une sensation plaisante quand cela serait, une sensation confortable. Je reste blottie contre son corps douillet, son odeur rassurante. Les habitants de la forêt qui nous observent, pins, sapins, bouleaux, aubépines, ronciers, fougères, se font de plus en plus sombres, ombres entourées de lumière, mais tous, sans le paraître, attentifs à ce qui pourrait survenir de loin et surprendre, troubler cette paix. Ils y sont certainement aussi intéressés que nous.

Reste la chose dont on ne peut jamais venir à bout. L'immense chose rebelle à toute emprise. Trop heureux encore que, présente, elle veuille se signaler à vous. Une chance. C'est ainsi qu'après avoir constaté la disparition des signes tracés par le basilic sur le sable, mais d'abord la disparition du basilic lui-même, puis celle de mon grand-père, et je n'ai plus eu alors qu'à prendre place sous la tente et commencer une veille sans fin : j'ai vu le vieux cheikh resurgir. D'où ? C'était à lui de le dire. Il se tenait seulement accroupi dehors, le buste droit, et il n'a eu qu'un mot :

— Témoigne.

— De quoi ? ai-je dit.

— De ce que tes yeux ont vu.

— Mes yeux n'ont peut-être rien vu.

— Témoigne de ce que tes yeux n'ont peut-être rien vu.

Il a appuyé sur ce *peut-être* que je lui avais soufflé et, à ce moment, j'ai cru qu'il allait de nouveau entrer dans le sable, ou fondre dans l'air, droit comme il était. Mais non, l'idée ne lui en était pas venue. Au contraire, il n'a jamais autant souri, jamais présenté un visage aussi digne qu'immobile dans le plein rayonnement de sa barbe blanche.

Témoigner. Il m'avait dit que j'avais à le faire. A la fin, il m'avait confié la mission que je devais remplir ou qu'il lui aurait été agréable de me voir remplir. A ton tour, maman, comprends-tu maintenant ce que je voulais dire et que je dois faire ?

— Oh, ma petite fille.

— Crois-tu vraiment que je suis à plaindre ? Serais-je une somnambule parce que à ton avis, je ne vois partout que des fantômes ? Je n'en fréquente aucun. Un fantôme ce n'est personne en particulier, ça ne parle pas. Je le sais. Il n'y a que les vivants pour produire de la parole. Mon grand-père, que j'ai découvert assis sous sa tente dans le désert, est un vivant. Et à présent, j'ai un but dans la vie : témoigner, tandis qu'avant je ne faisais que regarder les choses sans penser à rien. Regarder et encore regarder. Ce qui n'est pas si mal, mais ça ne suffit pas.

Et puis il y a tout l'infini de sable où je pourrai aller sitôt que j'en aurai assez de témoigner, sitôt que je voudrai changer. C'est sous la tente de grand-père que je me réfugierai alors. J'irai dans le grand désert le rejoindre et il m'apprendra encore ce qu'on ne sait pas. Il suffira pour cela qu'il me regarde d'entre les fentes de ses yeux, et quelque chose s'inventera de lui-même derrière mon front. Quelque chose... Mon papa, lui, n'a qu'à partir et revenir comme il lui plaît, des jours avec nous, des jours ailleurs. Mon grand-père jamais ne bougera de sa place.

J'ai bien entendu dire qu'il arrive aussi qu'on devienne l'ombre de soi-même. Cela ne m'arrivera pas. Nous sommes toutes les deux, moi et mon ombre, nous-mêmes, chacune à part, chacune pour soi. Qu'il plaise à mon ombre d'être somnambule, d'être sa propre ombre : dans ce cas, il y a plus de somnambules qui circulent de par le monde qu'on ne croit. Vous n'avez qu'à observer les gens autour de vous. Papa le premier, c'est juste l'impression qu'il me fait des fois. Et maman alors, parlons-en ! De le savoir n'apporte aucune solution à mes problèmes, mais il en est ainsi de beaucoup de choses. Rares sont celles qui vous procurent une consolation.

Les uns vont leur chemin d'un côté, les autres de

l'autre, ou on se croise et ne se voit pas, ou on se voit comme des ombres verraient d'autres ombres. Et si on commence à se parler, Seigneur, que trouveraient des ombres à se dire ? Non, ombres autant qu'elles sont, il ne faut pas chercher une aide auprès d'elles. Ce serait une perte de temps.

Peut-être l'explication se trouverait-elle dans la crainte de se reconnaître dans les autres et qu'alors on redoute de se découvrir beaucoup moins beau qu'on ne le voudrait. Une image qui ne nous ferait pas honneur, qui nous ferait peut-être même reculer d'horreur. Moi, j'ai heureusement maman et mon papa à mes côtés. Et dans la religion de papa, vous êtes gardé par deux anges, l'un à droite, l'autre à gauche. J'ai ainsi maman et papa, et mes deux anges, l'un à droite, l'autre à gauche.

En vous saluant, les gens là-bas ne disent pas : « Bonjour à toi », mais : « Bonjour à vous. »

A cause des anges qui vous accompagnent.

La chose magique approche. On ne l'entend pas, ne la voit pas ; on la sent. Une chose qui change à mesure qu'elle s'approche. Elle vient seule. Une lumière. Il n'y a que le cœur pour la distinguer. Il voit cette merveille qui avance, qui va le toucher. Elle le touche. On ne sent rien. On se sent juste plus vivant, plus bouleversé.

Et comme une main se pose au même instant sur votre épaule. Vous n'osez pas vous tourner pour voir qui a posé cette main sur l'une ou l'autre de vos épaules. Vous êtes, vous marchez avec : sont-ils un ou deux, à votre côté ? Ah, vous dites-vous, eux ! Les anges gardiens, et vous poursuivez votre chemin. Finalement vous allez trop loin. Vous ne bougez plus, vous attendez qu'ils vous rattrapent et remarchent du même pas que vous. Ces deux-là, vous ne vous en souveniez plus, vous accompagnent partout, et maintenant vous vous en souvenez. Et vous comprenez le ciel, les arbres à l'écoute dans le jardin que prolonge la forêt. La terre si changeante avec toutes ses saisons et si pareille à elle-même. Un paysage endormi en vous, vivant de votre sang, de votre souffle, sûr de toujours reposer en vous.

Cette main sur mon épaule me promet le bonheur. Un cri montera de quelque part, de moi peut-être et, si vrai se montrera le visage de chaque chose, si sincère, que je n'hésiterai pas à me fier à elles toutes, à leur confier ma vie, n'ayant plus peur de rien. Ce bonheur me visite de fond en comble. Un autre cri monte.

J'avais su tout cela et je l'avais oublié. A présent je me rappelle. Oui, je me rappelle. Ainsi la lumière du matin se souvient de nous. Empêtrée dans des rouleaux de draps tièdes, je suis couchée et je sens tout : le jour, le monde et moi-même que déjà le soleil enflamme. Alors je ne pèse pas plus lourd qu'une plume et, comme je suis étendue, je flotte. Le bonheur ne connaît que la hauteur. Il y a des moments où on est plus furieusement soi parmi tout ce qui existe.

Un soi qui ne fait qu'aller, venir dans ce monde et laisser son image en gage dans tous les lieux.

Image ineffaçable, elle veillera, ici sur un fond de verdure et de soleil, *là-bas* sur un excès de ciel et de sable. Partout où la vie a lieu, sur chaque lieu qui me donne vie.

Ce qu'il ne faut surtout pas que je fasse : tomber entre deux lieux. Dans l'un, oui, dans l'autre, oui ; entre, non. Je veux que l'un m'appelle à partir de l'autre et que j'y coure et, aussitôt après, coure ailleurs.

Parce que je crois qu'on naît partout étranger. Mais si on cherche ses lieux et qu'on les trouve, la terre alors devient votre terre. Elle ne sera pas cet horrible entre-monde auquel je me garde bien de penser. Je suis retournée à l'idée que ça puisse être. Il n'y a rien que je déteste autant que cette idée, être sans lieu.

J'apprends à jouer du Bach sur mon violoncelle. Une musique qui vous rappelle une perte, mais on ne sait pas de quoi. De l'un de ces lieux ? Un lieu perdu sans que vous vous en soyez rendu compte et maintenant vous en portez le deuil. Il vous aurait reconnu, lui, avec tous ses objets. La musique de Bach vous le rappelle et vous procure une grande désolation mais aussi une grande consolation.

Je vais, je viens parce que cet homme qui est mon papa, cet homme est un étranger. Il a besoin que j'aille le chercher dans son étrangement. Et moi, ici, dans mon propre pays, que suis-je, sinon une autre étrangère ? A son tour il vient et m'arrache à mon étrangement. Sans quoi, ça ferait deux étrangers de plus dans le monde. Il est un héros et je veux en être un aussi. Suis-je folle de parler de cette façon ? De ces choses ? Mais qui entend, qui entend ce que j'essaye de dire ?

Que papa revienne vite : lui sait m'écouter. En attendant, je suis le fruit qui se balance sur l'arbre, une pomme, et il y en a dans notre jardin, il y en a, et de parfumées.

Cela me rappelle ce jour où il observait, curieux, comme je mordais dans l'une d'elles en y laissant à chaque coup la marque de mes dents. Avait-il envie de cette pomme ? Je la lui ai tendue.

Mais lui :

— Tu ne sais pas ce que tu fais, ma fille.

— Quoi, papa, qu'est-ce que je fais ?

— Rien.

— Rien ? Alors prends-la.

Il l'a prise, il l'a considérée un peu, je voyais qu'il avait derrière la tête une histoire encore. Il ne l'a pas racontée.

Il n'a su que fourrer la pomme, ou ce qu'il en restait, dans la poche de son blouson, promettant :

— Je la mangerai après.

— Pourquoi pas maintenant ? Après, elle ne sera plus bonne.

— Oui, oui, ma fille.

Il a dit oui, oui, mais il ne l'a quand même pas mangée.

Je veux être, comme papa, l'enfant dont Ismaël a été le premier père. Une paternité avant toutes les autres, une paternité passée dans le même sang de papa jusqu'à moi. Et il a dit : l'enfant Ismaël chassé de la maison paternelle avec Agar sa mère, était sur le point de mourir de soif dans le désert ; alors elle l'a mis à l'abri du soleil dans un buisson, mais une source d'eau a jailli sous le talon d'Ismaël. Alors l'ange est venu et il a parlé à la mère : *Qu'as-tu, Agar ? Ne crains pas, car le Seigneur a entendu la voix de l'enfant dans le lieu où il est. Lève-toi ! Relève l'enfant et prends-le par la main, car je ferai de lui...*

Mais j'avais laissé papa raconter et je m'étais endormie. Je ne saurai jamais la suite. A des moments, je me prends à imaginer ce qui est arrivé à Ismaël. Il me semble entendre une voix que je crois être la sienne. M'appelle-t-il ?

Il n'y a que du sable et du sable, et la voix de papa : « *Jour, la lumière est ton gîte. Hisse de plus en plus haut ton bleu. Jusqu'au silence. Puis le cri.* »

Mais je dois arriver au sommet de la dune désignée par mon grand-père. Une source finira-t-elle aussi par y naître sous mon talon ? Et si cette source a déjà entrouvert un œil ? Il me faut la chercher. Une source secrète, le beau cheikh garderait plus qu'un simple désert.

Je suis parvenue sur la dune, une tour tendre, fondante. Je contemple le désert qui, de chutes en chutes, de rebonds en rebonds, ne joue qu'à se courir après, à se rejoindre, puis à se perdre pour se rassembler plus loin et déborder, toujours immobile, après une dernière chute, par-delà l'horizon.

La tente de grand-père là-bas n'a plus l'air que d'une grosse toile d'araignée, tissée, noire, à même le sable. Mais sous mes pieds, tout au fond, nette, une entaille s'ouvre dans les chairs blondes. Effet d'une ombre plus accusée ? Étrange, elle paraît avoir été de tout temps là, où en fait il n'y a jamais rien eu que du sable. Elle ressemble à... — je suis déjà venue ici, comment se fait-il que je ne l'aie pas remarquée ? Cela m'est une bonne raison pour retourner auprès de grand-père.

Lui toujours assis à l'entrée de sa tente quand j'arrive et commence à parler ; toujours assis, il donne alors de la voix comme il ne l'a jamais fait, il s'écrie :

— La source !

— La source, quelle source ?

— Elle est revenue, elle a refait surface.
— Une source ? Elle est revenue ?
— Tu l'as retrouvée.

Il a joint et levé ses deux mains ouvertes vers moi.

Désormais grand-père garde la source et le désert. Dans un premier temps, lorsque papa a paru m'avoir oubliée, j'étais venue retrouver le vieux cheikh. Et à présent, j'ai retrouvé la source. Mais qui dit que le lieu et la source n'auraient pas été oubliés si grand-père n'avait pas pris sur lui d'en être le gardien ? Sans sa foi, sa constance, la source se serait perdue dans les sables et le désert dans son errance. Le désert qui n'aurait été qu'un désert. Et moi, aurais-je fait connaissance avec le lieu infiniment lointain, cette géographie improbable, libérée ?

Tout en veillant sur le désert et la source, grand-père nous garde. Il garde le monde. Un monde que je garde aussi. Et un jour arrivera peut-être où cessera ce grand va-et-vient d'étrangers. Tous, il faut l'espérer, nous finirons alors par nous retrouver, où que nous nous trouvions. Pas plus que les autres, je n'aurai besoin de savoir si je suis moi-même d'ici ou d'ailleurs. Aucun lieu ne refusera de m'appartenir et plus personne ne vivra dans un pays emprunté. Irons-nous au désert : accueillant, il nous tendra la nudité de sa main ouverte.

Rappelée à son premier état, la terre sera au premier venu.

VOILÀ. D'un coup le jardin est vide, le monde est vide. Il n'y a que le soleil. Il remplit tout à lui tout seul. Eh bien, pourvu qu'aucune parole ne vienne gâcher ce beau silence ! Moi si je parle, personne ne m'entend, sauf moi. Le bonheur est cette minute qui ne passe pas. Une chose qui est simplement. Moi non plus, je ne passe pas. Cette minute, ai-je dit ? Mais aussitôt se produit l'inattendu : le vide se fait plein. Sans prévenir, sans qu'on y puisse rien. J'en reste muette jusqu'à l'os. C'est un autre bonheur, d'une autre espèce. Si tout cela ne m'arrivait pas à moi aussi, j'en serais jalouse.

Tous les matins, c'est comme ça. Le matin, on reçoit le bonheur qu'on est capable de désirer le plus, ce que le cœur n'a pas. Chaque arbre brille d'une lumière intérieure.

Mais un oiseau se plaint. Il n'y a que lui. De sa

petite voix, il a l'air d'appeler : « Papa. Papa. » Et il continue, il réclame. Je l'écoute. Pour lui, ce soleil, ce jardin ne comptent guère, on dirait, avec ce qu'ils ont de beau, de tranquille. Il ne sait qu'appeler : « Papa. Papa. » Lui arrivera-t-il de se fatiguer, de changer de disque ? Pour l'instant, il n'est que cette voix.

Et aucune réponse. On n'a jamais de réponse, à rien. Il n'y a que des questions.

Il va implorer ainsi toute la journée, j'en suis sûre. Le jardin écoute aussi, les arbres écoutent. La balançoire écoute, les fleurs écoutent, la maison écoute. Le ciel peut-être là-haut. Mais les gens ? Où sont-ils, Seigneur, les gens ? Chacun est si loin de chacun. Un nuage vient de manger le soleil et nous faire de l'ombre. Le chagrin, parce que c'est son heure, s'étend à tout.

Sans se risquer par trop, les feuilles pourtant bougent et tentent comme elles peuvent de secouer cette ombre. Elles y arrivent, les coquines, le soleil réapparaît, plus clair, plus joyeux. Mais il ne fait que passer, les nuages ont de nouveau le dessus, nuages à leur tour qui ne font que passer, défiler. Pas de victoire, ni d'un côté ni de l'autre. Et les choses à terre, pendant ce temps, ne cherchent apparemment qu'à s'enfuir sans savoir par quel chemin. Leur dire : « Il ne faut pas vous affoler ; il n'y a pas de raison. » Pour vous entendre, encore faut-il qu'elles aient des oreilles.

Entre haut et bas, je me mets de la partie, moi aussi :

— Papa.

Et encore :

— Papa. Papa.

Et je me sens de trop, c'est tout ce que j'y gagne. Et je sens que je me sentirai de trop partout. Il faudra partout que j'abandonne ma place pour aller ailleurs, et d'abord je dois quitter cet arbre. Je dis : « Le quitter, oui. » Mais ça ne m'aide en rien, incapable que je suis de remuer un bras ou une jambe, ou de pleurer. Étouffée par ces larmes qui refusent de venir, je crois que je n'ai pas à attendre longtemps pour mourir. Si elles pouvaient monter et m'emporter. Je me console en me serrant dans mes propres bras. Sage. Sage. Sage. Il viendra.

Non, elle viendra. Une sorte de joie. Toute une joie et je reste bien accrochée à mon arbre. Je promets : « Je cueillerai des fleurs pour ta chambre, maman. » Les nuages passent encore et le soleil explose au nez de chaque chose, ce qui fait retrouver le sourire à chacune. Mais ça m'ennuie de les apercevoir à travers un voile d'eau.

C'est la joie avec sa lumière qui pleure et sourit à ce jour d'août, un jour cousu au précédent et passant dans l'ignorance de son commencement et de sa fin. On aura beau dormir, se réveiller et chercher la couture, on ne la trouvera pas : un secret bien gardé. Il faut donc demander au soleil ce qu'il fait de ces nuits qu'il remet régulièrement au lendemain et finit par oublier. Il nous les réserve pour l'hiver. C'est ça. Leurs grappes de fruits plus rouges, l'or de leurs feuilles plus pâle, déjà les sorbiers se déplument. Eux, un pressentiment d'automne balaierait-il l'air, ils perdent la tête. Et les voici comme saouls, ou comme fous, habillés du bleu du ciel plus que d'autre chose.

Un hérisson habite dans notre jardin, un bon ami à nous. Comme nous mangeons souvent dehors, il vient tourner autour de la table et, la dernière fois, nous lui avons donné des spaghettis. Il a beaucoup apprécié mais nous ne l'avons plus revu. Il dort sans doute quelque part sous un tas de feuilles mortes, croyant lui aussi l'automne arrivé. Et s'il continue malgré tout à faire beau, il aura pris congé de nous un peu trop tôt.

C'est la maison, vert feuille et eau, qui rêve en plein jour parce qu'elle est dans un moment où elle connaît son bonheur. De mon arbre, je regarde ça. Les deux pentes du toit sont comme des bras croisés au-dessus de la tête. Dessous, elle ronronne et le bleu du ciel devient de plus en plus blanc. Bientôt rien ne sera aussi blanc. En même temps rien ne sera plus resplendissant que le jardin entouré par la forêt. Il n'y a de rouge, avec les grappes des sorbiers, que les cris des étourneaux. Les étourneaux, c'est leur saison aussi. Ils vocifèrent, flèches terrifiantes, et ils vont se planter quelque part, on ne sait pas où, en plein cœur du matin. D'eux, on ne voit que le trait qu'ils laissent dans l'air. Ils doivent se tuer à ce jeu, se fracasser, eux et leurs cris, contre ce cœur lorsqu'ils l'atteignent. Peut-être est-ce là tout leur plaisir.

Il me reste simplement à demander que maman soit heureuse. Comme ces fleurs en adoration devant le soleil, toujours tournées vers lui. N'est-ce pas que papa l'aime ? Donc il est son soleil. Et elle, je l'ai entendue plus d'une fois lui dire : « Comme je t'aime. Comme je t'aime. » Ces mots à la bouche et dans les yeux une prière, elle prend feu à son soleil et devient elle-même un soleil qui éclaire tout, autour d'elle, une maman que je ne reconnais plus.

Mais elle cesse d'être ce soleil dès qu'il s'en va, qu'il nous quitte. Un papa obligé tout le temps de partir. En vrai, l'une et l'autre nous cessons aussitôt d'être des soleils, des reines. De nous, il ne reste que deux ombres. Alors moi, je viens me cacher dans cet arbre. Mais elle ? Comme je la connais, elle ne trouve d'endroit où s'enfermer que notre salle de bains installée dans la cave. Elle y passe des heures, fantôme ne supportant aucune compagnie, et ce qu'elle y fait, on ne le sait pas.

Sans qu'il en donne l'impression, le monde quelquefois se peuple d'horreurs. De celles qui n'ont pas de nom ou dont nous ignorons jusqu'au nom. Le silence a fait brusquement silence dans tout le jardin. Pas le moindre petit murmure de feuille. Si fort ça pèse que je ne m'entends plus ni penser ni parler.

Quelque chose va se produire, quelque chose va se déchaîner. A ma place, j'attends. La télé quand elle tombe en panne au milieu du spectacle. On continue à regarder et il n'y a qu'un trou noir.

Puis ça se rallume, reprend vie, les images reviennent.

Le silence n'a plus la parole, ici près comme au loin. Tout ce qu'on aime est de retour. Tout ce qui vit et rien qui inquiète. Mais si on en doutait, on sait maintenant ce que le monde cache par-derrière. On sait de quoi on est entouré : de choses dangereuses et folles et qui probablement nous tiennent à l'œil.

Celles qui m'observent en cette minute, on

constate à leur mine qu'elles ne sont pas de ces folles. Elles ont une bonne tête, si on pense à jeter sur elles un vrai regard, et la plupart même une belle tête.

Moi et papa, un peu avant qu'il reparte, nous en parlions.

— Parce que c'est beau, nous appellerons ça *méditerranée,* a-t-il dit. Méditerranée la douce mer, la douce amère, la mer mère.

Et il a ri :

— L'amère mer !

Je raffole de cette manière de parler, ça me ravit. Seigneur, il me semble entendre ses mots sortir de moi.

Les diables d'étourneaux ! Ils ont recommencé à tirer leurs flèches. Quel massacre ça va être encore ! Mes jambes, depuis si longtemps qu'elles pendent sur leur branche, grouillent de fourmis. Il faut que je descende et danse pour les dégourdir. La chatte ne tardera pas à s'amener dès qu'elle me verra toucher terre et elle me sautera au cou.

Évitant à mes pieds endormis un contact brutal avec le sol, je me pose doucement. Et qu'est-ce que je reçois dans les tibias : la chatte. Je m'y attendais pourtant, mais elle a le chic pour vous surprendre, chaque fois. Alors, devant elle, un pied dans l'herbe, l'autre levé, les bras arrondis au-dessus de la tête, je me plante là, statue danseuse. Machatte me dévisage, cherchant à comprendre. Elle se dresse à son tour sur ses pattes de derrière, ou tente de le faire. Elle n'y parvient pas ? Bon. Elle saute sur place. A ce moment, la statue que je suis bondit par-delà le gouffre invisible qu'elle devine ouvert à ses pieds et s'en va pirouettant, le corps soulevé par l'état de grâce qui porte les danseuses. Et Machatte aussi, cours que je te cours, dans tous les sens, elle se répand à travers le jardin. Ailes et plumes dispersées, un oiseau s'est déchiré. Elle, la coupable ? Crochet après crochet entre les plates-bandes et, en un seul saut, elle s'engouffre dans la maison.

J'arrive à sa suite, j'appelle :

— Maman, maman ! Où es-tu ?

Comme il fait sombre là-dedans ! Toute la lumière, celle de nous les gens et des objets, s'en est allée dehors, au soleil. Je me dirige les yeux fermés. Je pense ainsi tomber dans les bras de maman. Ou dans les bras de papa, qui sait ?

J'avance, les bras tendus, les mains tendues. La force de papa vient au-devant de moi — je la sens. Lui, il me reconnaîtrait dans la nuit la plus noire. Il m'a assez portée dans ses yeux pour que mon image y brûle comme un cierge. C'est dans leur amour que je tomberai. Je demande :

— Maman, où es-tu ?

Et je demande :

— Papa, tu es là ?

Des paroles qui peuvent être de moi ou de n'importe lequel des objets, des meubles présents et même de l'air entre eux, même des murs.

Je n'ai plus besoin de me lancer dans de lointaines expéditions pour le retrouver. Le lien ne s'est jamais dénoué.

DU MÊME AUTEUR

La Grande Maison
Paris, Le Seuil, 1952

L'Incendie
Paris, Le Seuil, 1954

Au Café
Paris, Gallimard, 1956

Le Métier à tisser
Paris, Le Seuil, 1957

Baba Fekrane
Paris, La Farandole, 1959

Un été africain
Paris, Le Seuil, 1959

Ombre gardienne
Paris, Gallimard, 1961

Qui se souvient de la mer
Paris, Le Seuil, 1962

Cours sur la rive sauvage
Paris, Le Seuil, 1964

Le Talisman
Paris, Le Seuil, 1964

La Danse du roi
Paris, Le Seuil, 1968

Dieu en barbarie
Paris, Le Seuil, 1970

Formulaires
Paris, Le Seuil, 1970

Le Maître de chasse
Paris, Le Seuil, 1973

L'Histoire du chat qui boude
Paris, La Farandole, 1974

Omneros
Paris, Le Seuil, 1975

Habel
Paris, Le Seuil, 1977

Feu beau feu
Paris, Le Seuil, 1979

Mille houras pour une gueuse
Paris, Le Seuil, 1980

Les Terrasses d'Orsol
Paris, Sindbad, 1985

O vive
Paris, Sindbad, 1985

Le Sommeil d'Ève
Paris, Sindbad, 1989

Neiges de marbre
Paris, Sindbad, 1990

Le Désert sans détour
Paris, Sindbad, 1992

La composition de cet ouvrage
a été réalisée par l'Imprimerie BUSSIÈRE,
l'impression et le brochage ont été effectués
sur presse CAMERON dans les ateliers de B.C.A.,
à Saint-Amand-Montrond (Cher),
pour le compte des Éditions Albin Michel.

Achevé d'imprimer en février 1994
N° d'édition : 13479. N° d'impression : 2744-93/750
Dépôt légal : février 1994